KB105837

청라의 사랑
그리고 아픔

청라의 사랑 그리고 아픔

발행일	2021년 4월 30일		
지은이	스넬		
펴낸이	손형국		
펴낸곳	(주)북랩		
편집인	선일영	편집	정두철, 윤성아, 배진용, 김현아, 박준
디자인	이현수, 한수희, 김민하, 김윤주, 허지혜	제작	박기성, 황동현, 구성우, 권태련
마케팅	김회란, 박진관		
출판등록	2004. 12. 1(제2012-000051호)		
주소	서울특별시 금천구 가산디지털 1로 168, 우림라이온스밸리 B동 B113~114호, C동 B101호		
홈페이지	www.book.co.kr		
전화번호	(02)2026-5777	팩스	(02)2026-5747

ISBN 979-11-6539-736-4 03810 (종이책)   979-11-6539-737-1 05810 (전자책)

(주)북랩 성공출판의 파트너

북랩 홈페이지와 패밀리 사이트에서 다양한 출판 솔루션을 만나 보세요!

홈페이지 book.co.kr   •   **블로그** blog.naver.com/essaybook   •   **출판문의** book@book.co.kr

스넬 시집

청라의 사랑 그리고 아픔

북랩 book Lab

어릴 때부터 책읽기와 글쓰기를 좋아해서 많은 글쓰기를 하였으나 무언가 2% 부족한 듯하였는데, 당시엔 수줍음이 많았던 때라 작품을 누구에게도 보여주지 못하였습니다.

　그러나 40여 년의 직장생활을 하면서 많은 문학작품도 읽고 시간적 여유가 없을 때도 신문을 매일 정독하는 습관을 통하여 부족한 부분도 많이 개선하였으나, 그사이 예순이 넘으면서 내게 주어진 시간의 길이가 짧음을 느끼면서 이제라도 세상에 왔다 간다는 흔적이라도 남기고 싶어서 발행해 봅니다.

　시는 간결하고 절제된 언어를 함축적으로 표현해야 하지만 이 작품에서는 소재가 사랑, 이별 등의 감정적 전달요소를 우선시하여 절제된 언어보다는 감정에 촉촉이 젖어들 수 있도록 격식을 배제하고 순수한 감정만으로 그려보았습니다.

쉽게 쓰고 쉽게 접하고 쉽게 읽을 수 있는 에세이 형식의 시를 시도해 보았습니다.
　나이가 들수록 감정은 메말라 가는데 젊은 날의 추억을 사랑을 노래하듯 쓰고 싶었습니다. 한 줄기의 감정은 시간의 흐름 속에서 오르락내리락할 수 있지만 흰 종이 위의 감정은 언제나 내 가슴속에 같은 기억, 같은 감정으로 남을 수 있습니다

　직장생활 중 십여 년간 좋아하던 연인과의 만남과 헤어짐을 반복하면서 그사이 느낀 감정을 연작시 등의 형태로 표현해 보았습니다.
　인생이라는 항해는 그 여정에서 우리가 누구를 만나고 그 누구와 사랑놀음을 하며 살아가게 되는데, 그 사랑의 절반은 서로의 감정놀음이라는 것을 늦게나마 깨닫고 그 감정을 백지에 적셔봅니다.

화려한 무지개 색깔이 아니라 순백에 가까운 색깔이기에 아쉬움이 차오릅니다. 사랑의 갈증도, 목마름도 주어진 시간이 지난 시점에서 보면 아름다운 한편의 동화 속 무지개라는 생각이 듭니다.

　처음 쓸 때는 순수한 마음에서 영혼의 잠재된 갈등을 끌어 내보고자 노력하였으며 그녀에게도 감동을 줄 수 있는 글이 되기를 바라면서 마무리했습니다.

　내가 당신을 사랑했던 추억은 소중한 즐거움이며 영원한 행복인 것입니다.

목 차

프롤로그   5

1부 청라의 사랑 그리고 아픔

얼굴   16
거울   17
포로의 고백   18
동심의 세계   20
그대만이   22
편지   23
행복   24
상상의 나래   25
꿈속의 세계   26
점심   28
사랑의 길   30
망상   31
겨울날   32
아르테미스의 위성   34
청라의 안개   36

청라의 포로   38

또 하나의 작은 별   40

한 점의 사랑을 불태우기 위해   42

마지막 사랑   44

사랑의 시계   46

존중 그리고 기다림   48

기다림   50

그놈에 가격   53

교훈   54

사랑의 방정식   56

인생도 안개 속인데   58

호수   61

부평초   62

길   64

비 오는 밤에   65

나그네길   66

아름다운 방생   68

숙제   70

희망   73

작은 사랑   74

한 점 그리움   78

갈등   80

또 하나의 안식처   82

설레임   84

산다는 건   86

부족한 사랑이 좋은 이유   88

선녀   90

달님에게　　　　　　　　92

양떼구름 되고파　　　　94

천사　　　　　　　　　96

사랑의 굴레　　　　　　98

가슴속　　　　　　　　99

흔적　　　　　　　　　100

그대 행복할 수 있다면　102

잔인한 추억　　　　　　104

갈망　　　　　　　　　106

어느 봄날　　　　　　　108

따스함　　　　　　　　110

그녀는 갔지만　　　　　111

임 떠난 거리　　　　　　112

불면에 밤이 오면　　　　114

어둠이 내려　　　　　　116

심연의 시간이여　　　　118

한 자락 그리움　　　　　120

봄날의 바램　　　　　　121

그리움의 생명력　　　　122

초대한 적 없는 그리움　124

너만 남겨놓고서　　　　126

이별을 고하며　　　　　128

사랑 네놈　　　　　　　130

얼음별　　　　　　　　131

기억 그 너머에서　　　　132

백년 후 사랑　　　　　　133

hyo야 안녕히　　　　　136

2부 간절함이 사랑으로

그대 향한 그리움은   140
그대여   142
블랙홀   144
이 봄   146
얼굴   147
얼룩 그 그리움은   148
잊혀진 걸까   150
부러워 말자   152
무심한 봄날   154
잊어야 할 사랑   156
순백의 계절   158
헤어진 뒤에도   160
기다림   162
환상   164
빛이 차가운 날   166
라일락 향기에   168
봄 이야기   171
아느냐 모르느냐   172
당신을 떠나보내며   174
삶   175

창을 열어주세요   176

소녀여   178

달맞이 사랑   180

사랑의 본질   182

흘러가는 것은   185

사랑하게 해놓고   186

해달맞이 꽃이 되어라   188

망상은   190

딱 저만치에서   192

오늘 하루도   194

힘겨운 싸움   196

그대는 아는가   198

저 달은   199

그 기억들은   200

또 다른 너   202

그리움은 별빛 되어   204

아 그대여   206

라라의 하트를 기다리며   208

지나가는 인생길이지만   210

우리 만남은   212

인내의 시간   214

초대하지 않은 밤에도   216

그대 마음은   218

사랑이란 병   220

또 한밤은 그렇게~   222

때늦은 고백의 불편함   224

작은 인간   227

떠날 땐   228

발효하는 사랑　　　　　230

영혼에도 색이 있다면　　232

온 것은 한번 가면　　　234

매미의 꿈　　　　　　　235

못 그린 건 너에 마음　　236

그리움의 시작은　　　　238

그냥　　　　　　　　　241

어둠이 오기 전에　　　244

흰 눈이 내리면　　　　246

바램과 소망 앞에선　　248

사랑한다면　　　　　　249

아픈 가슴　　　　　　250

내 사랑아　　　　　　252

행복의 길로　　　　　254

마음의 속성　　　　　255

그리운가 그 청춘이　　258

삶과 죽음은　　　　　260

미래의 시에 대한 고민　262

그대는 아는가　　　　264

에필로그　　　　　　265

집필 후기　　　　　　266

1부

청라의 사랑
그리고 아픔

얼굴

보고 싶다,
보고 싶다

너의 얼굴이 보고 싶다
보고픈 얼굴이
바다만 하니 마음속에 가둘 수밖에 없다

언젠가 그 마음속에도
넘쳐흐를까 걱정이다

쌓이고 쌓여서
바다로 흘러간다

세상이 온통
얼굴로 넘쳐난다

도대체 넌 누구냐
도대체 넌 어디까지
채울 거니?

얼마나 더 채워야 하는 걸까
하얗게 지샌 밤
이 밤도 온통 그녀뿐이다

거울

내 마음이
아름답게 보일 수 있는 건
네 얼굴을 보고 있기 때문이다

내 마음이
착하게 보일 수 있는 건
네 가슴을 보고 있기 때문이다

내 마음이
진실하게 보일 수 있는 건
네 눈을 보고 있기 때문이다

내 마음이 순수함은
당신이란 별이 빛나고 있기 때문이다

천사의 마음을 가진 당신은 내 마음에
거울이기 때문이다

내 마음이 맑음은
내가 보고 있는 거울이
맑고 깨끗하기 때문이어라

포로의 고백

모든 일에는 때가 있고
순서가 있다지만

우리 사랑은
때도
순서도 없이

어느 순간인지도 모르게
예고도 없이
넌
내 가슴 한가운데 자리했었지

은은한 사랑이었기에
바보처럼 10여 년간이나
모르고 지냈었다

보이지 않았던 어느 순간
그 사랑의 뜨거움에
난
뒤늦은 열병에
가슴 아파했었다

그 사랑에 향기의 중독성은
가슴속을 송두리째
무너뜨리고 난 방향성도 상실했다

이제 난 너 없이는
어느 방향으로도 움직일 수도 없다

해바라기처럼 너를 향해 움직인다

어제도 오늘도…
소리 없이
살며시 다가온 사랑이여

이젠 너 없인 안 돼

- 뒤늦은 사랑의 포로가 되어 -

동심의 세계

사노라면
즐거운 것과 행복한 것 그리고 슬픈 것이
뒤범벅되어 인생은 서서히 죽음으로
가는 것입니다.

어린 동심의 세계에는
이별도, 불행도, 슬픔도 모르는
순수 그 자체의 세계입니다
어른이 된 지금은 내게도 그러한 순백의 세계가
존재했었는지는 아마득한 고생대의 기억 같습니다

어린이가 어른이 된다는 것은 성장이기도 하지만
한편으론 크나큰 아픔이기도 합니다
성장통을 겪으며 육체는 얽매일지 몰라도
우리들 마음은 향상 자유로워야 합니다.

내가 여기서 하고 싶은 것이 있다면~
나는 웃고 싶습니다.
억지로 웃는 웃음이 아니라
웃지 않을래야 웃지 않을 수 없는 그러한 웃음을
웃고 싶습니다.

그리고 항상 동심의 세계에서 살고 싶습니다.
그 동심의 세계에 우리들의 사랑이 더해진다면
어쩌면 그곳은 영원히 아름다운 천국일 것입니다

그대만이

모래알처럼 수많은 사람 중에
왜?
당신만이
내 가슴속 깊은 곳에
자리하고 있는지

수많은 사람 중에
왜
당신이어야만 하는지

알 수 없는 의문에
이 밤을 지샙니다

내 가슴속 공허함을
그대만이 채워줄 수 있을 뿐이며
그대만이
내 심장을 뜨겁게 해줄 수
있기 때문일 것이요
그대만이
이 밤 나를 잠 못 들게 할 수
있기 때문일 것입니다

오직 그대만이…

편지

연못가 모래밭에
편지를 쓴다

썼다가 지우고
썼다가 지우고

보내지 못한 편지는
물속에 씻겨 흐른다
내 가슴속으로 흐른다.

왜 사랑이
가슴 아파야 하고

왜 사랑이 눈물이어야
하는가

다하지 못한
사랑의 안타까움에

나 홀로 울어야 하나

행복

행복이란 무엇일까?

기다림이 행복일까
그리움이 행복일까
보고픈 얼굴을 그리는 게 행복일까

눈 감으면
보고픈 얼굴이 바다만 하다
너무 커서 눈을 감을 수 없다

어둠이 좋다
수줍은 내 모습을 보여주지 않아서 좋다

그리움은 새로운 삶을 잉태하며
부푼 희망은 사랑을 이끌어가고
미래를 꿈꾼다

hyo야!
우리 손잡고 희망의 동산으로 가자꾸나
이제 우리도 그 행복이라는 놈의
팔목을 붙잡고 놓아주지 말자꾸나

* hyo(효): 여자 친구 이름

상상의 나래

그녀의 사랑은
무슨 색일까

장밋빛 무지개
아니야 순백색일 거야

그녀는 그리움도 순백색
일 거야

아마 영혼마저도
순백색의 날개를 가졌을 거야

순백의 천사
까만 눈동자에 맑은 영혼의 천사

내 손가락이라도 닿으면
손가락마저 순백색으로 물들 거야

사랑도 영혼도 순백의 천사여
내 영혼마저도 순백으로 물들게 하소서

꿈속의 세계

청라의 거리에도
어둠이 내리고
하나둘 가로등이 켜지면
행복의 안개가 피어오른다

이 밤 난 그리움에 젖어
외로움에 젖어

한 마리의
파랑새가 되어
네 창가에 머문다

달빛이 반사된
창가에 선
너에 얼굴이
안개 되어 피어오른다

이젠 그리움도
외로움도 채울 그릇이 없다

그저
익숙한 친구가 되었을 뿐이다

오늘도 갈망한다

네 꿈속의 세계를!

점심

점심때다
오늘도 굶겠다는 그녀

당신은 먹는 시간이 언제요
밥시간엔 굶는데

청라의 요정은
안개를 먹는 건가요
청라의 요정은
사랑을 먹는 건가요

나의 요정이여
오늘의 메뉴는 무엇인가요

안개
이슬
아님 사랑

외로운 인생길에
끝없는 사랑만이 필요했겠지

사랑에 빠져 있으면서
사랑을 모르는 청라의 여인은
언제 사랑에 눈뜨려나
흔들어주면 깨어날 수 있으려나?

사랑의 길

가는 길이 멀다 해도
그 길이 나의 길이요

그 길이 험하다 해도
숙명이라면
우리의 길이요

그대와 나
부딪치며
또 부딪치며 걸어간다 할지라도
이 사랑에 길은 또한 행복에 길일지니

내 사랑 그대여
오늘도 행복을 위해
가자구나 hyo야

망상

사랑
그 망상이란 놈이
오늘도 찾아왔다
붉은 빛깔의 모자를 쓰고서

사랑
그 망상이란 놈이
한 줄기 빛이 되어 지나갔다

사랑
그놈이 누구에겐 넘쳐나고
그놈이 누구에겐 사치가 되어가고
그놈이 내겐 목마름인가?

눈먼 놈이 있다
차 지나가버린 정류장에서
떠나지 못하는 놈이 있다

오늘도
내일도…

겨울날

사랑
그놈이 강도요
내 마음을 앗아갔으니

그리움
그놈은 괴물이다
내게 눈물이 나게 했으니

망상
그놈은 도둑놈이다
내게 사랑의 기대를
가져다주었으니

모두 나쁜 놈뿐인데

내게 좋은 놈은
hyo야~
당신밖에 없는 것 같소
사랑, 그리움, 망상 모두 다
내게로 보냈잖소

그대는 어느 꽃의 화신이었던가
그 아름다움은
그 향기로움은
이 겨울에도 내 가슴을 더욱 멍들게 하고 있잖소

청라의 사랑 그리고 아픔

아르테미스의 위성

당신은
태양이었던가

가까이 다가가면
내 마음이 녹아내린다

당신은
얼음이었던가

가까이 다가가면
내 심장이 얼어붙는다

가까이 다가갈 수도
멀어질 수도 없는 여인아

나는 네게 붙들려버린
아르테미스의 위성이었던가

왜 나를 괴롭히느냐
왜 나를 번민하게 하느냐

나눠줄 사랑이 아니라면
이루어질 사랑이 아니라면
가슴 아픈 인연
새기지 말 것을

이제 외로움은 나의 친구이며
그리움은 나의 동무가 되었다오

* 아르테미스: 그리스의 12여신 중 하나로, 순결의 여신

청라의 안개

청라의 안개 속이 좋다
푸근해서 좋다
나를 감싸줘서 좋다

그녀가 보이지 않아서 좋다
내 감정을 들키지 않아서 좋다
보이기 싫은 모든 것을
감싸줘서 좋다

이런 안개 속이라면
사랑하기 좋겠다

파도가 몰려온다
안개 속에서 그녀의 얼굴이 몰려온다

이렇게 갈망한들 당신은
너무나 멀리 있습니다
손 내밀면 닿을 듯한 거리에서
다가갈 수 없음에
당신께 가려면 아직은
얼마큼을 더 가야 하는 건지

안개가 몰려온다
나는 너를 껴안는다
안개가 좋다
아무도 보이지 않아서 좋다

사랑이 안개를 부른 걸까
안개가 사랑을 부른 걸까

우리 사랑엔 언제나 안개를 초대하고 싶다

청라의 포로

나는 포로가 되었다
포로가 된 지 육십 일이 되었다
그녀도 내가 포로인 것을 알려나?
창살도 감옥도 없는 청라에서
사랑의 포로인 것을 아는 것은
청라의 안개밖에 없다

포로의 뜨거운 가슴을
안개가 식혀준다

안개 속에서 몸부림쳐도
보는 이는 없다
안개 속에서 속 시원히 울어도
듣는 이 없다

사랑하기 좋은 안개 속인데
애달픔만 태우고 있는 줄
안개야 너만 알고 있단다

청라의 안개야
백석대교를 품었으매
내 사랑도 품어주렴

따스한 그녀의 사랑도
청라의 안개처럼 포근했으면
좋겠다
묻지 말고 따지지 말고
사랑했음 좋겠다
오늘 하루만이라도
아니, 이 안개가 걷힐 때까지만이라도

또 하나의 작은 별

너는 언제나 생각날 때마다 다가오는
나에겐 꽃이었다

반짝이는 눈으로 다가와
내 곁에서 사랑스런 하나의
작은 별이 되었다
나만의 작은 별이 되었다

밤하늘의 많은 별을 바라보면서
가슴속에 품고 있는 또 하나의
별이 되었다

밝게 빛나는 엄마 별 옆에
작은 별 되어

어제는 그리움에 별이 되고
오늘은 사랑에 별이 되고
내일은 행복에 별이 되리니

아 !
오늘 사랑스런 별이여
밤하늘에 많은 별은 스처지나가도
마음속에 작은 별은 영원히 내 가슴속에
그리움으로 남으리니

저 하늘에 별들은 구름에 가려
보이지 않을지라도
내 가슴속 작은 별은 영원히 빛나리니

이 밤도 꿈속에서 나오너라
사랑의 불꽃을 피우자꾸나
맑고 영롱한 또 하나의 별 이야기를
만들어 가자꾸나

한 점의 사랑을 불태우기 위해

우리의 사랑은 시작되었다
마치 풀지 못할 숙제 같았던 우리들의 사랑은
시작도 없이 정거장에 머물렀는데

이제 저 멀리 지평선을 향해 끝없이 나아갈 것이다

사랑이란 수레바퀴는
때론 덜커덩거리며
때론 일렁이며

그래도 우리들의 믿음과 희망을 싣고서~

달려라
달려라
장밋빛 아름다운 꿈과
드넓은 세상을 포용하며

지난날의 고달픈 여정일랑
잊어버리고 행복한 날들을 위하여
마지막 남은 사랑을 불 태우자구나

내 사랑 hyo야!

사랑한다
사랑한다

언제까지?
"영원히"라고 말하고 싶어

내 마지막 여인아

마지막 사랑

내 생에 마지막 연인이여

이 생에서 못 이룰 사랑이면
스쳐가지나 말 것을

고달픈 인생길을 굽이굽이
돌고 돌아 예까지 왔건만

이 가슴 뜨거울 때
태우지 못할 사랑이라면

차라리 만나지나 말 것을

얼마나 애닳고
얼마나 아프고
얼마나 더 울어야 하는가?

당신의 뜻이라면 백년을 기다리겠소
하늘의 뜻이라면 천년을 기다리겠소

내 생에 마지막 여인이여
이 가슴 한 켠에 남아있는 마지막 사랑일랑
태우고 가게 하소서

청
라
의

사
랑

그
리
고

아
픔

사랑의 시계

내 마지막 사랑은 왜 이리도 저리고
아련하며 가슴 아픈 걸까

이게 마지막 사랑인가 아니면 진정 첫사랑일까
나도 모르고 당신도 모르고 오직 신만이 알 수 있는
사랑이었던가

사랑하지만 용기 없어 말 못 하고
눈치 없어 말 못 하고
센스 없어 말 못 하고

그대 사랑 알고 있지만
못 들은 척
않은 척 지나온 세월에
그대와 나 가슴속 응어리진 멍울들

마지막 사랑 그 잔인함이여!
끊어질 듯 이어지고 또 끊어질듯 만나는 우리의
사랑은 다음 생에까지 이어갈 것인가

신의 장난인가
우리의 숙명이었던가
새로이 만날 때마다 더 뜨거워지는 사랑
그러나 운명처럼 더 가까이 가지 못하는 사랑
또다시 헤어졌다 만나야만 한 발짝 더 다가갈 수
있는 느리디 느린 사랑
신에게 그 사랑의 시계가 있다면
그 시계를 훔치고 싶소

당신이 야속한 건지, 사랑의 신이 잔인한 건지?
hyo야 당신은 알고 있는 건가요

존중 그리고 기다림

당신의 십년 전 생각, 그리고 현재의 생각
현재의 결정과 일, 사랑
이 모든 것들을 존중합니다

그러나 나 또한 십년 전이나 현재나
당신을 사랑합니다
이 또한 존중받고 싶습니다

인생은 시작역과 종착역밖에 없습니다
만약에 간이역이 있다면 난 내려서
쉬어가고 싶습니다
지금이 그때인지도 모릅니다

지친 몸과 마음을 쉬어가고 싶습니다.
어쩌면 당신의 위로가 필요한지도 모릅니다.

앞만 보고 달려온 지난날들이 때론 부끄럽고
때론 지우고 싶습니다.

내게 주어진 시간의 길이를 알지 못했을 땐
나밖에 몰랐으며
당신의 고통과 아픔을
모른 체 했는지도 모릅니다

뒤돌아볼 때의 지난날에 아쉬움을 뒤로 하면서도
어쩌면 늦었는지 모르지만 이제라도
그 깨달음은 내겐 감동이며, 희열이며
즐거움인지도 모릅니다

당신을 사랑합니다. 하지만 당신의 선택과 결정을
더욱 존중합니다.

나는 기다리렵니다
지나온 십년처럼 앞으로의 십년도 기다림 속에서
살아갈 겁니다
고통과 인내가 필요할지 모르지만
언젠가 지나간 후에 우리 인연은 영원할 겁니다

기다림

어머니의 포근함을 가진 그대는
진정 하늘에서 내려온 천사인가요

당신이 마음의 문을 여는 그날까지
존중과 배려와 사랑의 마음으로
살아가렵니다

지난 시간을 원망하지도
아쉬워하지도 않을 것입니다

우리의 만남은 숙명이며
행복의 길이라 여겼습니다

영원으로 가는 길모퉁이에서
그 과정이 길다 해서 생략할 수는 없는
길입니다

이 생명이 다하는 날까지 그 문이
열리지 않는다 해도 숙명이라 여기고
하늘의 뜻이라 여기겠습니다

그러나 기다리겠습니다
다음 생에 우리의 사랑을 위하여
당신이 내게 느끼게 하여준
사랑과 배려와 존중의 마음으로
기다림 속에서 살겠습니다

난 이미 당신의 가슴 너머
세월의 강을 건너서 자리했습니다
새로이 시작될 우리들의 사랑을 기대하면서

다음 생에 우리의 영원한 사랑을 위하여
사랑의 티켓을 예약하겠습니다

이 생에선 당신이 나의 마지막 연인이지만
다음 생에선 당신이 나의 첫사랑입니다

이 생에서는 배려와 존중과 기다림으로
서로의 믿음과 신뢰를 쌓아놓고
다음 생에선 뜨거운 사랑으로 만납시다
당신의 사랑이 없어도 남은 생을
당신을 위한 사랑으로 살고 싶소

이 밤 난 제야의 종소리를 들으며
이 편지를 씁니다
그러나 당신에게 부칠 수 있을지는
모릅니다

새해라 해서 당신의 마음이 열려있진
않을 테니까요

내가 이 편지를 보낸다면 배려와 존중의
마음이 부족할 테지만 하지만 새해에
내게도 새로운 희망과 용기가 생길 땐
당신에게 도착할지도 모릅니다

인생의 목표가 사랑과 행복일진대
이젠 안타까움과 애잔함은
제야의 종소리와 함께 안녕~

다가온 새해엔 희망과 사랑과 행복이
함께하길 고대합니다

그놈에 가격

그리움에 찌들었던 내게로
또 그리움이 몰려온다

시장 아줌마가
야채를 판다

한 근에 삼천원이다

사랑
그놈은 한 조각에 얼마일까
그놈은 도대체 몇 조각이나 될까

아마 야채가게 아줌마는
알고 있겠지

내가 몽땅 산다고 하면
얼마일까

야채가게 아줌마는 알려주려나?

교훈

인간은 아무것도 모른
철부지 때가 제일 행복하다고 한다
그러나 철부지 땐 행복에 빠져 있으면서도
행복한지 모른다

슬픔에
그리움에
안타까움에
빠져보아야 행복의 존재를 알 수 있다

조물주께서 인간을 창조하실 때
행복한 때 행복임을 알게 해주었다면
우리 인간은 자만하거나 교만에
빠지지도 않았을 텐데
불행을 맛보아야 행복을 알 수 있게
설계한 건 무슨 이유일까?

배부를 때 배고픔의 고통을 알게 하고
행복할 때 불행의 거울도 미리 비춰보는
지혜를 주지 않은 것은 스스로 교훈을
배우라는 의미는 아닐는지?

어리석은 인간이기에
부족한 인간이기에
후회하며 살아가야 한다

하지만 한 번의 배고픔과 한 번의 안타까움과
또 한 번의 그리움을 통하여 후회 없는 인간으로
살아가자꾸나

사랑의 방정식

뜨거웠던 사랑 뒤
헤어져야 하는 아쉬움 속에서
짧은 순간의 감정에 흐느낀다

사랑
그 뒤에 아쉬움은
그리움은
왜 우리에 마음을 뒤흔드는 걸까

헤어지지 않으면 안 되는 걸까
왜
떠난 뒤에도 당신을 갈망하는 걸까
풀지 못한 많은 의문 속에서 괴로워해야 하나

문제도 내가 내고
답도 내가 풀어야 하는 현실이 고통스럽다

사랑 그 달콤함 뒤의 쓰린 가슴을
왜 미처 몰랐던가

이렇게 쓰릴 줄 알았다면
사랑하지 말 것을

hyo야
사랑의 방정식을 이렇게 아르켜주고 가야만 하는건가요
당신이 아님 신의 장난인가요

인생도 안개 속인데

낙엽마저 떨어져버린 앙상한 가지들
가도 가도 끝없는 안개 속
청라의 길을 걷는다

버려야 하는 것은 무었인가

사랑도 부질없는 것
나그네 인생길에
버리고 떠나라
집착은 영혼을 좀먹는 것
아직도 모르는가 철없는 인생아
사랑도 미움도 애착도
나그네 인생길엔
무거운 철가방인 것을

피어오르는 청라의 안개 속에서
무었을 보았느냐

이젠 버려라
이젠 잊으라
집착인 것을 사랑도 미움도
번뇌도 버려라
영혼을 좀먹지 말라
청라의 안개 속에서
후련히 울고 떠나라
청라의 안개 속에 울기는 좋으니
실컷 울고 떠나라

그 사랑이란 놈도 다 버리고
망상이란 놈도 쫓아버리고

부질없는 희망도
청라의 안개 속에 버려라
안개 속이라 찾아오지 못할지니
뒤돌아보지 말라

인생사 한 번뿐 또 한 번의 사랑이
무엇 그리 중요한가
아직도 버리지 못할
진정한 사랑이라면 이루어라
이루지 못할 사랑이라면
지독한 집착일 뿐
지독한 애착일 뿐
모든 건 시간이 지나면 버려지는 것을
아직도 모르다니

어리석은 인생아
어찌할거나

내 사랑아
그 사랑이 버려야 할
마지막 항목이거늘
모든 걸 버렸거늘 그 마지막 사랑에만 집착이 많으냐
안타까운 인생아!
청라의 그녀가 그리도 좋더냐
청라의 그녀를 품고 가거라
영원히

호수

나는 호수에 빠졌다

내 호수의 깊이는 얼마나 될까

오늘도 알 수 없는 호수의 깊이에
절망한다

알 수 없는 그림자가 내 가슴에
드리운다

차라리 푸른 창공이었으면
날아나 갔으련만…

부평초

내 마음은 한 줄기의
부평초가 되어 떠돈다

망상의 끈마저
놓쳐버리고

뜨거운 가슴속 열정은
어디론가 살아지고

알 수 없는
미지의 세계에

이름 없는 부평초가 되어
떠돈다

내일도 떠돌아야 하나
목적지를 상실한
작은 별이 되어

어스름한 청라의 포로가 되어
그 섬의 한 모퉁이를 떠돈다
하염없이…

이젠 텅 빈 가슴속에 애잔함일랑 떨쳐버리자

길

그물에 걸린 새가 퍼덕인다
창공을 향해 날지 못하는 새가
퍼덕인다

끝없이 추락하는 이 저녁
이 밤의 어둠을 뚫고
창공에 울려 퍼진다

떠나라
떠나라
너의 별을 찾아서
너의 별을 찾아서

저 노을 너머로…

나는 네게서 잊혀져가는 별인 걸까?

비 오는 밤에

외로움과 고독이 이렇게 엄습해 오는 밤
당신에게 펜을 들어봅니다
당신은 지금 무얼하고 계시나요
창밖엔 봄비가 내리고 있습니다

빗소리에 잠을 이룰 수가 없습니다
당신과 이 가랑비 오는 거리를 걷고 싶습니다
당신이 계신 곳은 너무 멀기에 그곳엔
아마 선녀가 춤추고 있겠지요
아득한 꿈나라 일테니까요

난 오늘 당신에게 귀중한 말을 하고져 이렇게
펜을 들었습니다
펜 잡은 손이 떨리는군요
무어라 쓸까 망설여지는군요

당신께오서 짐작하시리라 믿고 이만 펜을 놓습니다
이 밤 아름다운 꿈꾸시기를 바라면서

나그네길

얻은 것일까?
찾은 것일까?
아니면 놓아버린 것일까

텅 빈 가슴은
뚫어져버린 것일까
잃어버린 것일까
비워버린 것일까

어둠을 향해 달린다

끝없는
끝도 없는
길도 없는
알 수 없는
미지의 세계를 향하여
오늘도 달린다

바보
바보
바보

빛도 달도 없는 어두운 길인데…

희망이란 그놈의 망상 때문에
광야에서 달린다

외로움을 떨치려고 달린다
그놈
망상을 향하여 달린다

아름다운 방생

아름다운 사랑의 추억이
남아있을 때 떠나야 한다

내 꿈들이 또한
기억 속의 사랑이 아름다울 때
그대가 아름다워 보이는 것

아련한 안타까움이
그리움이 남아있을 때

우리는 아름다운 이별을
하여야 한다

아름다운 사랑의 추억이
산산조각 나
파도에 부딪혀 흩어질 때
우리 서로 붙잡았던 사랑의
끈을 놓아 주어야 한다

다시는 기억을 말자
생각하면 할수록
미움의 그림자만 피어날 뿐이니

저 멀리 떠나라 내 사랑이여
행복에 나라로

안타까움과
그리움은 나에 몫으로 남기고서
그대는 사랑의 나라로 가소서

숙제

아름다운 추억이 남아 있을 때
떠나야 한다

사랑하는 마음이 남아있을 때 헤어짐은
비록 헤어질지언정
아름다운 추억을 가슴속에 품고
살 수 있다

그리운 임
떠난 님은 내 마음속에 추억으로
남을 수 있지만

아픈 상처
아물지 않는 상처로 헤어짐은
머나먼 인생길에 동반자가 되어
무거운 마음속 철가방으로 따라다닌다

헤어짐을 아름답게 해야 한다
내 인생에 아름다운 추억이 되고
님 인생에도 아름다운 추억이 되자

hyo야
우리 서로 아물지 않는 상처가
되지 말자

내가 당신 인생에 상처로 남은 건 아닌지
이 밤에 자문하며 숙제를 풀어본다

공식도 없는 사차원 방정식에
이 밤도 하얗게 지샌다
조물주가 창조할 때 미처 만들지 못한
공식일진데 이 밤 꿈속에서 풀어본다

hyo야
이 새벽에야 답을 찾았구려

사랑
조건 없는 사랑만이
따스한 가슴속을 품어줄 수 있다는 것을~

어머님의 헌신적인 사랑처럼 우리 서로를
품어 주자구나
한때 꿈꾸었던 이기적인 사랑이 되지 말자
한때 갈망했던 사랑의 노예가 되지 말자

사랑의 목마름에 당신을 갈망하고
쓰린 상처로 남았으나
이젠 그 상처를 보듬어 주자꾸나

hyo야
천사의 품성을 지닌 나의 영원한 연인이여
우리 서로를 위하여 기도하자꾸나

희망

기다림은 행복을 준다
설레임은 희망을 준다

망상은 한줄기 빛을 부르고
돛 단 조각배는 저 멀리
아련히 보이는 나의 별을
향하여 나아간다.

어둠 속에서
빛을 찾아서
그 맑은 영혼의 빛을 찾아서

나는 오늘도
기다림 속에서 산다
희망을 꿈꾼다
설레임을 꿈꾼다

영혼의 나래를 펼친다.

작은 사랑

아름다운 골짜기엔 졸졸
시내물이 흐르고

산등성이에 선 친구들의
목소리가 메아리친다

이른 봄 들녘엔
민들레 하얀 꽃 피어나고

산등성이 아래로
따스한 바람 불어오면

타오르는 진달래향기에
가슴마저 붉어진다

생명이 태동하는 계절엔
만물이 저마다 자연에 순응하듯
아름다운 사랑에 빠진다

우리도 계절의 이치에
그냥 순응하자

머리보다 가슴의 선택에 따르자
우리가 함께한 수많은 시간들은
머릿속에 남아있는 게 아니라
따스한 가슴속에 남아 있다

우리의 소소한 작은 행복을
느끼고 싶다
그러나 그 작은 행복마저도
너와 나 사이엔 사치인 것 같다

오늘
술 한 잔 생각나는 밤이다

공허함이 허전함을 부른다
hyo야
이 공허함을
허전함을 당신 생각으로 메꾸어야
할 것 같소

꺼내든 사진을 보고 또 보아도
보고 싶다
난 이미 네 마음 그 너머에
건너가 있는데

선인장 붉은 열매가
수줍은 듯 웃고 있다

선인장 붉은 열매가
당신의 붉은 두 볼 같구려

인생은 끝없는 이별의 연속
인지도 모른다

떠나갈 사람은 떠나가고
남을 사람은 남는 법이지만

우리는 떠났었든 남았었든
항상 그 뒤엔 또 만나는구려

우린 앞으로 또 헤어지지만
또 만나는 것이 우리의 운명이며
숙명이라는 것을

그대와 나 억겁의 세월 동안
스치고 지나며 인연을 맺어
너는 내 곁으로
나는 네 곁으로
왔는데 어찌 쉽게 헤어지겠소

남은 시간은 작은 사랑으로
서로의 가슴을 보듬고 지켜 나가자

되돌릴 수 없는 시간이기에
짧은 인생길이기에

너와 나
안타까움 속에서만 보낼 순 없어

이젠 뜨거운
사랑으로 공허한 가슴을 메우자꾸나

한 점 그리움

강변도로를 달린다
새벽의 희뿌연 안개 속으로
라이트 불빛을 가르며 달려간다

아름다웠던 풍경들은 어둠이 덜 깬
물속으로 사라져버린다

갈망했던 그녀의 사랑을 찾으러
오늘도 달린다

아직도 지평선을 넘지 못한 별 하나가
시선 속에 잡혀서 아른거린다

잡힐 듯 말 듯한 사랑의 거리를
저 별 하나가 측량하여 주는 것 같다

너는 새벽을 맞이하는 별인가
아니면 저 지평선을 넘지 못한 지각 별인가

내 사랑처럼 경계를 넘지 못한 별은
오늘도 지평선을 넘지 못하고
희미하게 사라져간다

사랑에 겨워
행복에 겨워
그 경계를 넘지 못하고
뒤늦은 깨달음에
인생의 의미를
알아버린 지금이 후회스럽다

철마다 피는 꽃은 계절에 고마움을 모른다
사랑이 떠나버린 지금
한 조각 남은 그리움에도 고마워해야 한다
한 점 남은 안타까움에도 감사해야 한다

나그네길은 오늘도 돌고 도는데
그 사랑은 오늘도 그립기만 한데
한 점 그리움에 오늘도 울어야 하나

사랑은 용기이며 신념이다
촛불을 향해 날아드는 불나방이 부럽다

오늘은 저 불나방이 되고 싶다

갈등

그녀가 토라졌다
마음속이 안절부절이다

어머니는 늘 말씀하셨다
사랑은 더 많이 하는 쪽이 진다고
그리고 진 쪽이 이긴 거라고

어릴 땐 알 수 없는 이야기였는데
나도 이제 어른이 되었나 보다

그 말의 의미를 알아버린 지금
아무 말도
아무 행동도 할 수 없다

사랑
그 뜨거움도 늘 좋을 수만은 없는 모양이다
악마가 우리를 시샘하기 때문이다

신이 인간을 만들 때
뇌의 구조를 다르게 만들어
서로를 이해하지 못하게 했다

왜 신은 우리의 사랑을
시샘하는 건가

뜨거움은 가슴속으로
냉철함은 머릿속에 넣어두고
매일 갈등한다

하지만 오늘은 갈등이 있어도
내일은 사랑할거야 더 뜨겁게.

또 하나의 안식처

어머니
이렇게 눈 오는 날이면
어머님 품속이 간절합니다

고향이 그리워
어머님이 그리워
오늘은 더욱더 어머니가
그립습니다

어머니는 제 마음속에
고향입니다
행복할 때나 즐거울 때나
슬플 때나 기쁠 때나
언제나 포근한 안식처였습니다

어머니 고향이 그리운 제게
또 하나의 안식처가 생겼습니다

어머님 품속처럼 따스하고
천사처럼 온화한 미소를 지닌
아름다운 청라의 여인입니다

길 따라 물 따라 흘러가는
나그네 인생길에 동무 되어
많은 이야기를 만들며
저 넓은 바다로 흘러갈 겁니다

설레임

아침 햇살이 빛난다
나는 오늘 따뜻한 햇살을
듬뿍 받으며
즐거운 마음으로 집을 나선다

미지의 세계
아름다운 청라의 거리를
찾아서 떠난다

그대의 밝은 얼굴
해맑은 영혼
순수한 미소
신세계를 그려본다

아련히 떠오르는 지난날의
쓰린 기억들
왜 나는 사랑하지 못했나
왜 나는 솔직하지 못했나
왜 나는 용기가 없었나

왜 나는 울면서도, 그리워하면서도
사랑한다 말하지 못했나

바보
용기 없는 바보
이제 또다시 스쳐 가는
한줄기 별빛이 되고 말 것인가
사랑한다
사랑한다
너를 사랑한다

운명인 것을
숙명인 것을
기나긴 고통의 시간을 넘어
머나먼 길을 돌고 돌아
이제 나는 내 사랑을 향하여
미지의 여인을 향하여 간다

우리 이제 시작인 것을… 내 꿈속의 여인아!

산다는 건

산다는 건 희망이다
산다는 건 그리움이다
내 가슴속에 흐르는
그 괴물 같은 뜨거움도
내 눈 속에 가녀린 한줄기 빛도
희망 때문이다.

살아 있음을
살아 가야하기에

희망의~
그리움의~
그~ 작은 끄나풀도 잡고 있어야 한다

내게 주어진 시간의 끈이
짧아지고 있음에도
왜 놓지 못하는가?
그놈의 망상
아니 희망이란 놈 때문이지

사랑 때문에 많이 인내했으며
사랑 때문에 많이 괴로워했으며
사랑 때문에 많이 울었으매

이젠 괴로워 말자
이젠 슬퍼 말자
이젠 사랑의 따스함만 가지자

부족한 사랑이 좋은 이유

용기 있는 사랑은
인생을 건 도박이다

내가 가진
모든 것을 걸어야한다

엄마의 사랑처럼
희생만이 아닌

인생을 걸어야한다
진심이 있어야 한다
감동이 있어야 한다
비전이 있어야 한다
야망이 있어야 한다

함께할 준비가 있어야 한다
함께 그릴 여백이 있어야 한다
그 여백 중엔 그녀가 그릴 여백은 비워놓아야 한다

무지개를 그리는 게 아니기에
회색도 검정도 준비해야 한다

모든 게 있어도
아픈 청춘이 있어야 한다

사랑
그것 참 복잡하다
완벽한 사랑 준비만을 위해 그 인생은 그냥 지나간다

부족한 사랑
그래서 그게 더 좋은지 모른다
준비 없이도 감정만으로 사랑할 수 있어 좋다

그냥 가슴속에 있는 사랑
그 사랑이 좋다

아픈 사랑이어도 좋다
오늘 할 수 있는 사랑이면 더욱 좋아라

선녀

당신은
신비로운 천사인가
새로움을 창조하는 요정이었던가

시간이 가면 갈수록
알면 알수록
양파의 내부처럼
항상 새로움을 간직한 요정인 것 같소

안개에 휩싸인
이 청라의 거리에선
모나리자보다도 신비함을
가진 여인이었소

까만 눈썹
호수처럼 그윽이 빠져들 것 같은 눈동자
해맑은 미소
어머니의 포근함을 지닌
그대는 천사인가 보오

용기 없는 내게로 다가와
사랑과 기쁨을 가져다준 여인이여
이제 당신은 천사가 아니라 하늘로 올라간
선녀가 되었나 보오

슬픔과
그리움과 눈물만 주고 가는
선녀가 된 게요
언제부턴가 희망 잃은 나무꾼이 되어
뿌연 저 하늘을 쳐다본다
저 멀리 구름 사이로 요정이 간다 선녀가 간다

달님에게

아름다운 그대
어둔 밤길 말동무되어
이 밤도 친구 된다네

내 어릴 때부터
친구 되어

변함없는 친구는
그대라네

가는 길 멀다 해도
마다않고
길동무 되고

고달픈 인생길에
때론 동반자 되어

기쁠 때나 슬플 때나
마음에 거울 되어
언제나 나의 편 되어주는

말없는 그대는
늘 이야기만 들어주는 귀만 있는
친구인가 비밀까지도 간직해 주는
입 없는 친구인가

네게도 입이 있다면
그녀에게
내 마음만은 전해주렴아

양떼구름 되고파

오늘도 흘러가는
아기구름에 양떼 모자

친구 찾아
고향 찾아
엄마구름 그리워
그리워

별빛 따라
달빛 따라
흘러가는데

맑은 하늘 찬 공기에
서늘한 바람 불어올제

저 멀리 엄마구름 다가와서
포근히 감싸 안는데

따스한 흰 이불에
포근한 엄마의 사랑으로

헤어졌던 사랑도 저 구름은
포근히 감싸 안는데~

천사

이제야 깨달았다
좋아하지만 외면해야 하는
슬픈 현실의 의미를

난 너에 마음을 알아
좋아하지만 사랑하지만
말 한마디 할 수 없음을

이젠 돌이킬 수 없는 일이지만
그대 마음속에 가득한
안타까움과 그리움을 느끼면서
나 또 다시 사랑의 감정 속에 스며들어

되돌리긴 늦었지만
정리했던 해묵은 감정들이
새로이 싹트며

너에게 향하여 날아간다
돌이킬 수 없는 현실이지만 현실을 뛰어넘어
우리 사랑의 항해는 저 먼 바다를
향하여 나아가고 있다는 걸 알아

아주 느리게
아주 조금씩
영겁에 세월을 사랑으로 물들이며
다음 생의 한 귀퉁이에서나 이루어진다는 것을

hyo야
이 사랑의 괴로움을
이 사랑의 고통을
실어다주는
당신은 요정인가 천사인가?

사랑의 묘약이 있다면
진시황이 찾아 떠났던 그 섬에는
있을는지 몰라
이 밤 난 꿈속에서 어딘지도 모르는 그 섬을
향하여 날아오른다

당신이 천사라면 그 묘약이 있는 곳으로
인도하여 주겠지
당신이 요정이라면 목마른 내게
달콤한 사랑에 꿀물이라도 가져다주겠지
그 사랑의 꿀물이 이 밤도 포근히 잠들게
해주겠지
내 사랑의 천사여 이 밤도 아름다운 꿈꾸기를~

사랑의 굴레

그대와 나 사랑이란 굴레에 묶여
혼돈의 세상을 떠돈다

그대와 나 사랑의 원죄를 안고 가지만
사랑의 고통은 에덴동산의 원죄는
나 혼자 안고 가겠소

그대는 행복의 길로만 가소서

사랑하지만
사랑한다 말할 수 없는 현실에 묶여
아픈 마음은 저 푸른 오로라를 향해
울부짖는다

내 곁에 있어 달란 말도 못하고
헤어지잔 말은 더욱더 못하고
우유부단한 마음의 갈림길에서

현실을 외면해야 하는
슬픔을
고통을
그대 사랑하는 마음으로 승화
시키렵니다

가슴속

참새가 재잘거린다
전봇대 주위에 활기가 넘친다
이 봄 참새들의 아름다운 사랑에 세레나데에
주변이 시끄럽다

사랑의 여신이
저 먼 하늘 위에서 보았을 때

너와 나
즐거운 시절이
저 새들처럼
활기차고 아름다웠을까?

사랑의 언약은
그 가슴속에 뜨거움으로 쓰여졌다

차가운 머릿속에 각인되었던
추억은 잊었으나

가슴속의 뜨거운 기억은
가슴에 새겨져있다

그 사랑의 따스함은

흔적

hyo야
너무나 사랑했나 보오

우린 너무나 사랑했기에, 너무나 갈망했기에
그러나 그 뜨거움도 이젠 식을 때가 된 것 같으오

매일 꿈속에서 갈망하던 그 얼굴도
까만 어둠에 떠밀려 희미해지고
알 수 없는 파도 속에 휩쓸려 떠내려가고

풋풋했던 당신의 싱그러운 미소도 아지랑이 되어
저 멀리 증발되어 날아가 버리고

감미로웠던 당신의 목소리도 귓전에서
멀어져갈 때 우리에 사랑도 멀어져 간다오

가랑비처럼 내 가슴속을 적셔주고
따스한 봄볕처럼 살며시 내 가슴속에 들어왔던
당신의 마음은 나도 모르게 언제 흘러가버린 건가요

당신은 왜 나도 모르게 왔다가
나도 모르게 떠나가는 건가요

여기 종착역 그 뜨거웠던 큐피드의 화살 끝도
불타 없어지고 사랑은 가고 매캐한 세월의 흔적만 남은
지금이 우리가 잊혀져 가기 좋은 때라
생각합니다.

우리 사랑의 흔적은 어디에도 없다
너와 나의 가슴속 외에는 누구도 찾을 수 없다
hyo야 그 흔적이라도 높은 곳에 두자구나

그대 행복할 수 있다면

그대 머릿결에는
봄내음이 흩날리는데
내 가슴에는 푸르름만
짙어간다

세상의 모든 일들은
간절히 바라고 소망하면
이루어진다던데

얼마큼 더 간절하고
얼마큼 더 소망해야하는가

그대 행복할 수 있다면
내 바램은 저 청라의 안개밭에 흩뿌리오리이다

그대 행복할 수 있다면
내 그리움은
안타까움은

가벼운 깃털 되어
민들래 홀씨 되어

이 봄날
저 불어오는 봄바람에
흩날려 버리오리다

잔인한 추억

또 다시 만날 수 있다는
막연한 그리움에

매일 꿈속에서 그리다
2년 만에 다시 만났다

내 마음속에서는
어젯밤도 만난 것 같은 연인이다

오랜만에 만나도
꿈속에선 매일 만났기에
그저 반가울 뿐

그러나 몸은 이미
네게로 기울어 있다

후각도
청각도
온갖 촉각은
보이지 않게 네게로 기울었다

시각만은 않은 척
똑바로 바라볼 수가 없다

꿈속에선 그렇게 보고 싶었는데
눈앞에선 딴청을 해야 하는
아픈 사랑
다가갈 수 없는 사랑

이게 마지막 사랑의 잔인한
추억인가

갈망

오늘은
침묵하고

내일은
갈망한다

이 봄은
침묵과 갈망의 연속일건가

알 수 없는 그리움에
긴 침묵은 개여울처럼
흘러내린다

그리움은
봄날 아지랑이 커튼이 되어
내 심장에 외로움으로
다가오는데

속절없이 지나가는 봄날은
망상 속에 한낱 꿈으로
부서져 내린다

오늘 한 걸음 다가섰으나
당신은 두 걸음 물러섰구려
여름으로 다가가는 길목에서
내일은 두 걸음 다가서리라

어느 봄날

떠난 임이지만
마주 대할 때마다

아닌 척
모르는 척
반가운 척
웃어야 한다

바람에 흩날리는 그녀에
머릿결은 아련한 추억을
소환해 오고

다시금 피어나는
향기에 오늘도 취한다
떠난 임에 취한다

내 곁에 있어 달란
말도 못 하고
애절한 눈빛만 허공을 향해 날린다

더 가까이
더 가까이
내 마음은 오늘도 이미 너에 가슴 너머에
자리 잡는다

오늘 하루도
네게 취한 사랑은 시작된다
님은 떠나도 남은 자의 공허한 사랑은 계속된다

따스함

우리 인생은 빈손으로
왔다가 빈손으로 간다지만

인생이란 빈 그릇에
채워야 할 게 너무 많았다

소용이 없는 걸 알면서도
가슴속에 뜨거움 땜에
그 욕망으로 빈 그릇을
채우고 또 채우려 한다

부와
명예와 사랑과
행복은 모두 가지고 가야 할 자산이었던가

가슴속을 채워줄 조그만
따스함으론 만족할 수 없다

hyo야
우린 서로 마음속의 빚을
지지 말자

그저 조금의 따스함으로
서로를 위로하자

그녀는 갔지만

- 마음 -

바람이 분다
먹구름이 번진다
소나기가 쏟는다

줄기찬 빗속에서 하나의 작은 삶을 간직한
마음이 외롭게 떨고 있다

아무도 생각해 주지 않고
나만이 의식하고
나만이 존재하는 외톨박이

그러나
나의 모든 것을 간직한 아주 작은 생명이 있다
억센 빗줄기 속에서 언젠가는
아름답게 펼쳐질 무지개를 그리며 미래에 사는 마음은
오늘도 내일도 가고 있다
끊임없이…

임 떠난 거리

고운 임
떠난 거리

뽀얀 안개로 가득 차고
기억 속에 님 얼굴

저 멀리 안개 속으로
흩어질 때

허전한 가슴속에
기억마저도 흩어져 버린다

붙잡아도
소용없고
달래 봐도
소용없는

상처만 남은 사랑이지만
마주 보며 기억할 땐
쓰리디 쓰린 가슴
추억 속으로 흐르는 눈물에

한 점 남은 기억은 멈춰서 버린다

불면에 밤이 오면

잠들 수 없다
눈 감으면 너에 얼굴이
떠오른다

눈을 뜨면
너에 생각이 지배한다

연속적인 불면에 밤이다

당신은 낮도
밤도 지배하는 여신이었던가

우수에 젖은 눈
빨간 립스틱
연분홍 블라우스
찰랑이는 머릿결에
풍겨오는 샴푸 향기
너는 어느 별에서 왔기에

이 밤
꿈속에서도
그 향기를 내게로
실어 오느냐

이 계절이 지나면
코끝에 머물던 그 향기도 날아가겠지
아니야
이 머릿결 하얗게 바랠 때쯤이면
그 향기도 퇴색되어 먼 옛 이야기 속으로
날아가겠지

어둠이 내려

어둠이 내려
세상은 잠들어도
내 마음은 잠들지 못한다

고요한 새벽녘
별빛마저 잠들고
바람소리 고요해도
내 마음은 깨어 있다

잠들지 못한 내 마음은
또 하나의 새벽별 되어
저 산 너머로 날아가는데

너무 멀리 가버린 사람
난 널 잡을 수 없다

사랑은 가고
가슴속에 남아 있는 여운 따라
청라를 돌아서 오는 길은
걸음마다 흐느낌
눈물비 되어 내리는데

달그림자 밟으며 걸어가는
인생길에
네 그림자마저 흐느낌으로
길거리에 수놓는다

심연의 시간이여

시간은 흐르고
내 마음도 흐른다

내리는 빗줄기 속에
알 수 없는 심연의 흐느낌도
같이 흘러내린다

그 어느 날의 슬픔이
이제야
가슴속으로 흐르는가

파도 소리 들리는
바다가 그리운가
싱그러웠던 청춘이
그리운가

봄 향기 그윽한
젊은 날들의 소상이여

아름다운 날들은 흘러가고
그리움의 날들이 오리니

새로운 날
새로운 세상은 오리니
흘러간 시간의 욕심을 후회하며
지난 시간들을 참회하노니

한 자락 그리움

마주할 땐
아닌 척

돌아서선
못내 그리워지는

부르지 않았는데도
찾아오는

잊어도
어느새
가슴속에

자리한
잔인함이여

네 주인은 누구였더냐

봄날의 바램

조용히 눈을 감아도
그대 얼굴 여기 있는데

흐르는 물속에
두 손을 담가도
그대 부드러운 촉감은
여기 있는데

흘러가는
봄날의 바램은
어느 날에 감싸 주리오

이 봄날
내 바램은 한 톨 강낭콩 되어
저 밭둑에 묻으면
여름날에
꽃피우고
가을날 열매 되어
이 가슴속 채우리니

이 봄날의 바램은
강낭콩 열매 속에서 익어 가리라

그리움의 생명력

hyo야
당신을 사랑했던 만큼
당신이 미워져 버렸다

사랑했던 무게만큼이나
미움의 무게가 더해졌다

잊을 수 없기에
잊을 수 없는 만큼의 무게가 더해졌다

그리웠기에
그리워했던 만큼의 무게가 더해졌다

미워하는 마음은 이제 무게를 못 이겨
저 검붉은 호수 아래로 가라앉았다
이제 사랑하는 마음은 떠오를 수가 없다

그러나 이 봄
어느 틈에선가 그 무게를 뚫고
새싹 되어 피어오른다

그 강인한 생명력은
어느 별에서 온 것인가

초대한 적 없는 그리움

내 귀는 소라 껍데기인가
파도 소리가 들린다

눈을 감으면 그 얼굴이
더 크게 다가온다

귀를 막아도
부르지 않아도
답하지 않아도
쓰나미가 몰려온다

공허한 가슴이지만
비워야 할 것이 많아져 간다

채운 적이 없는데
비워야 할 게 많아져 간다

비우고
또 비워도
비워지지 않는 마음은
무슨 심보인지

산 너머 봄바람이 불어올 때는
날아가려나

너만 남겨놓고서

또 하루는 시작되고
가을은 그렇게 흘러가겠지

여울 속으로 흐르는 감정은
개여울처럼 흘러가지만

못 다한 사랑의 아쉬움에
뒤돌아보는
이 청라의 거리엔
쓸쓸히 낙엽이 뒹굴고

흘러내리지 못한 가슴속
감정은 멍울 저
맺혀지고

이별에 시간은 다가오는데

아쉬움의 그림자가
이 청라의 거리를 뒤덮을 때
떠나야 한다

내 가슴속에 사랑으로 목메었던
너였지만
쓸쓸한 이 가을엔
나 홀로 가리라

사랑 너만 남겨놓고서
흰 눈 위에 발자국을 남기기 싫어
이 가을에 떠나야 한다

이별을 고하며

나 이제 당신을 떠납니다

당신에게 다가가면 갈수록
당신은 멀어져 가려고 합니다

당신을 향한 나의 집착이 강할수록
우리의 길은 멀어져 갑니다

다가온 거리보다 멀어져간 거리가
길어질 때가 이별의 순간이라
생각합니다

사랑은 둘이 하는 것
영혼도 둘이 함께할 때
아름다운 것

나의 부질없는 아집과 집착으로
인하여 상처 받았을지도 모르는
당신의 쓰린 마음을 되새깁니다

인생은 한번 왔다 가는 것
아름다운 세상에서 당신의 사랑과
행복이 꽃피기를 바라며~

당신의 행복을 다시 한번
기원합니다

사랑 네놈

사랑
올 때는 네놈도 같이 왔는데
갈 때는 왜 나 홀로 떠나야 하는가

외로움 속에서
나는 오늘도 네놈을 데리러 왔다

네놈은 어디에 숨어서
이렇게 애태우느냐
네놈은 어디에 숨어서
우리에 가슴을 짓누르느냐

내 몸은 떠나는데
네놈은 따라오려 하지 않느냐
에덴동산의 원죄는 네놈이 지었지 않았더냐

사랑
네놈은 어디에 숨어서
오늘도 나를 괴롭히려 하느냐

가슴 깊은 곳에 혼자 숨어서
심장의 고동소리만 즐기려 하느냐

얼음별

나는 뜨거운 가슴을
식히기 위해
안드로메다의
차가운 얼음별을 찾아서
떠난다

그 얼음별을 향하여
백년쯤 달리고 나면
내 가슴도 차가워지겠지

그때쯤이면
이 가슴속에 있는
당신의 기억도
까맣게 잊을 수 있을 겁니다

또한
핑크빛으로 물들었던
내 가슴도
하얗게 바래있을 겁니다

나는 오늘도 차가운 얼음별을
향하여 달려간다

기억 그 너머에서

이젠 아파하지 않으리
이젠 울지 않으리

저 별나라엔
슬픔도
이별도
안타까움도 없으리니

나 또한 가슴 아파하지 않을지니
그리움도 별빛에 떠나보내고

행복과
사랑과
희망의 세계에서
살리라

이제 저 세상의 일일랑
기억을 말자

흐르는 은하수길 따라
안드로메다의 불빛을 따라서
오늘도 흘러간다

정처 없이

백년 후 사랑

또 다른 백년 뒤엔
울지 않으리니

차가운 얼음별도
녹아 없어지고

그 자리에 붉은빛
오로라가 생겨날 때

당신은 마음의
문이 열릴 거요

그때까지 난 얼음별
주위를 맴돌고 있을 거요

그렇게 백년이 흘러갔으면
좋겠다

그때 우린 한자리에
있을 거외다

그때 우린 손잡고
나란히 걷고 있을 거요

까마득한 백년 전의 기억은
희미한 추억으로 지나가고

하하 호호 웃으며
손잡고
이 청라의 거리를
걷고 있겠지
그땐 이 청라의 거리엔
뽀얀 안개도
포근했던 추억 속의
안개처럼 다시
우리를 감싸줄 거요

그때 우린 안개 속 추억을
그리워할 거외다

그때 우리는
또 다른 세계를 그리고 있겠지

꿈의 세계를
새로운 백년의 아름다운
신세계를~

그때 내 가슴은
내 기억은
온통 당신으로
가득 차 있을 거요

hyo야 안녕히

진실한 사랑은 영원하고 무한하며
언제나 변함없는 것입니다
그것은 맑고 변덕이 없으며 그 마음은
항상 젊은 것입니다

당신은 너무나 순수하고 고결한 사람입니다.
당신에 순수한 감정을 사람들의 손이
닿지 않는 높은 곳에 두도록 하세요

그리고 한 마리의 귀여운 영양이 되세요

나는 기다리겠습니다.
당신에게 작별인사를 하지 않으렵니다.
우리는 떨어져 있기에 당신의 마음을 알 수 없습니다
하지만 당신이 나의 마음속에서 어떤 지위를 차지하고
있는지 잘 알 줄 믿습니다.

hyo야
그동안 즐거웠고 행복했었습니다
그러나 이젠 아쉬움이 앞섭니다
멀리 막 달음질치고 싶은 소년의 심정이랄까요

우리에겐 슬픔이 있었기에
기쁨도 행복도 있었나 봅니다

갓 구워낸 인간이기에
조물주가 미처 다 만들지 못한 인간이기에
사랑도 행복도 필요한가 봅니다.

이 밤 난 한 마리의 파랑새가 되어 훨훨 날아갑니다
아름다운 꿈꾸기를 바라면서. 그럼 안녕.

2부

간절함이 사랑으로

그대 향한 그리움은

그리움은
흩어지는 바람으로 내게 다가와

가슴속에
빨간 꽃잎 되어 내려앉는데

그대를 향한
그리움은 노을 되어

저 하늘로 날아올라
구름 타고 두둥실 떠나갈제

홀로 남은 외로움은
한 잎 두 잎 사그라지는
찔레꽃 잎의 아련함에 실려 가는데

노을 속
그림자는 그대 모습인양
물결 따라 흘러가고

아
그리움은

이 저녁에 또 다른 외로움 되어
하루의 슬픔으로
저 바다를 검게 물들이며
어둠 속으로 흩어지는데

그대는 어디에 있느뇨
이제 노을 속에서 나오려무나
꿈속에서 노닐자구나

그대여

무한한 적막이 끝없이 펼쳐지는 가운데
또다시 하루의 종식을 고하는 밤
하얀 독백의 그림자를 지워버리고
신비스런 미지의 꿈속으로 향해가는 이 밤에
우연히 알게 된 당신에게 꽃잎을 띄웁니다

별들이 마주 보고 미소를 던집니다
누구에게라도 아름다운 언어로
예쁜 사연을 적어 보고
싶은 밤입니다

낯설은 내일을 맞는 미지의 신비한 정과
가난한 행복을 찾아 성실한 삶이 있는 곳으로
가야겠습니다
오늘은 푸른 꿈을 위하여 조용히 침묵하며
아름다운 내일을 위하여 이 밤을 조용히 보냅니다

모든 세계가 내 마음처럼 될 것 같은
하염없는 공허가 가슴속에 젖어드는 이 밤
나는 한 자 한 자 희망에 젖은 마음으로
꽃잎을 띄웁니다
멀리 멀리 하늘 끝에 이어진 미지의 세계에
나의 낯설은 꽃잎이 미풍을 타고
당신의 꿈속을 찾아가겠지요

블랙홀

미안하다
마음대로 사랑하고
마음대로 좋아하고
마음대로 꿈꾸고
마음대로 신세계를 그리다가
마음대로 잊어가고

이젠 그리움도
마음대로다

당신은 깊이를 알 수 없는
호수였다
드넓은 대양처럼
당신의 마음은 알 수 없는
블랙홀이다

끌어당기지도 않았는데
빨려 들어가 헤어나올 수 없다

꿈도 사랑도 희망도
그 속으로 빨려들어 맴돌기만 한다

알 수 없는 어둠 속을 맴돈다
어제도
오늘도

중요한 건 내 마음이 아니라
네 마음의 블랙홀이었다

이 봄

hyo야
사랑한다

왜 우리는 만날 때마다
서로 비켜가야만 하는가

아쉬움에
난
우리는 어떻게 해야 하는가

간절한 바램이면
언젠간 통하겠지

얼마나 더 기다려야
하는 걸까
가슴속에 이는 바램
그 속엔 기다림이 가득한데
이 봄은 또 소리 없이
지나가려나

야속한 계절이여
이 가슴 얼마나
더 멍이 들어야
이 봄이 지나갈거나

얼굴

찌는 듯한 폭염
영악스럽게 울어대는 풀벌레
구름 사이로 잠자리떼가 몰고 오는 동심 속에
퍼져가는 산울림

영시의 괘종시계가 운다
가없는 하늘 수줍은 듯 숨쉬는 듯
연못가 병아리들의 첫나들인 우리님 손수건
퍼지는 물결 위에
그리는 얼굴

폭염 속에서
폭염 속에서
사알짝 익은 얼굴

몰래 그려보는 이그러진 그림 한 장
물결 위에 떠내려갔다간 못내 그리워
다시 찾아오는 일그러진 그림 한 장

- 연못가 목련밭에서 -

얼룩 그 그리움은

밀어내고
밀어내도 다가오는 그리움은

또다시 내 가슴 속에 네가
들어왔다는 증거일 거야

겨울날 흰 눈처럼 순수했던
너에 마음은 떠났어도
여름날 비온뒤 지나간
나그네 발자국 같은 그 자국은
가슴속에서 지울 수가 없다

그 자국이
눈 위에 발자국처럼 순수하거나
흙탕 위에 발자국처럼 더럽거나간에
내 가슴속엔 아름다운
하나에 얼룩인 것을

넌 그렇게 내 가슴에 자국을
남기고 떠났다

다시 올 날들은 그 자욱 위에
흰 눈처럼 덮여질 수 있을까
시간은 가고 덮였던 흰 눈이 녹는 날엔
또 그리움은 홍수 되어 내 가슴을
휩쓸고 가리니

잔인한 기억에 흐름이여~

잊혀진 걸까

이름 석 자만 알고 있을 때
너에 대한 모든 걸 다 아는 줄로
착각한 때도 있었다

십년이 지난 지금
나는 그때보다도
너에 대해 아는 것이
없는 것 같다

이젠 사진이 없으면
얼굴마저도 기억에 없다

보고 있다 가도 고개를 돌리면
얼굴 생각이 안 난다

머릿속 사진은 지워져 가고
가슴속 그리움은 짙어만 가는데

뭉게구름 속 양떼가
그대 얼굴로 피어나
내려다본다

잊혀진 얼굴에
미련을 두지 말자고
또 한해의 봄날일랑 그렇게
지나가고 말 것인가

부러워 말자

뒷동산에
굽어 자란
소나무 한 그루

같이 자란 동료들은
모두 잘리어
떠났지만

등 굽어 자란 탓에
수백 년 살고 산다네

나도 너처럼
험한 세상
잘나지 못한 탓에
이렇게 남아서
세상 구경하고 있구나

못났기에
잘난 친구 부러워
부러워한
적도 있지만

인생만사는
새옹지마라네

모든 걸 부러워 말고
자연의 순리에 순응하자

다만 사랑
그 달콤함은 독이든 성배일지라도~

무심한 봄날

문득 보고픈 거 보니
그리움이 왔나 보다

문득 생각나는 거 보니
외로움이 왔나 보다

문득 떠오르는 거 보니
잊혀진 게 아닌가 보다

파란 들판에는
한겨울의 추억은 없는데

서늘한 가슴엔
그 추억 아련하네

이제는 잊어야할 사람이지만
그 추억 못 잊어
오늘도 작은 별 되어
거리를 떠도는데

사랑하는 사람이여
못 잊을 사람이여

떠나야 할 사람은
떠나지도 못하고

그리움에 지쳐서
외로움에 지쳐서
눈물 짓는데
무심한 봄날은 흘러만 간다

잊어야 할 사랑

사랑은 가고
봄날은 흐르는데

잊어야 할 사랑은
이 봄날 더욱 푸르러지고

떠나야 할 사람은
떠나지 못하고
이 거리를 맴돈다

오가지 못하는 이 마음은
나그네 마음인가

아련한 추억은
가슴속을 맴도는데

어차피 잊어야 할 사람
이 봄엔 잊어야지

알면서 떠난 사람
이 봄엔 잊어야지

간절했던 바램이여
이 봄엔 잊어야 하나
아! 떠나간 사람이여
이 마음도 함께 가져가 주오

순백의 계절

꽃잎이 흩날린다
머리 위로
하얀 꽃잎이

너에 시선을 담았던
흰 꽃잎이

언제부턴가
슬픔 되어 흩날린다
흐느낌 되어 흩날린다

바람에 씻기운
꽃잎은 어둠의 강이 되어
슬픔의 바다로 흘러가는데

어둠의 강은 흘러넘쳐
대지를 휩쓸고

바람은 또다시 흰 꽃잎으로
슬픔의 바다를
도색하는데

슬픔의 계절 이어
갈 테면 가라

이 마음도 함께 가거라

헤어진 뒤에도

헤어진 뒤에도 우린
서로 곁에 있지만
사랑한다 말할 수도 없다
안아줄 수도 없다

단지 은은한 너에 향기에
취해 하루를 보낼 수 있다

이것만으로도 행복한 것인지도 모른다

화사한 봄날
업무는 뒷전이고

향기에 취한 심장은
고동소리를 내지만

몸은 굳어 있어야 한다
오늘 하루도 지나가야
우리에 내일이 있기 때문이다

바램도
소망도
내겐 사치인걸까

엇갈린 운명의 장난인가
사랑
그게 무엇이길래
이 봄날은 또 그렇게 흘러가나

기다림

이젠 익숙해졌다
기다림이 삶의 일부가 되었다
너를 알고부터
인내도
기다림도

오지 않는다는 것을 알면서도
무한한 기다림으로
무한한 인내로

해바라기 모양으로
네 곁을 맴돈다
십년간 맴돌았다
앞으로도 십년은 맴돌 것이다

영원히 오지 않을지도 모르는
그 뜨거움을 찾아
자성에 기록된
가슴속의 극점을 향하여
오늘도 떠돈다

한 점 빛이라도 비친다면
외롭진 않을진데
익숙한 일상으로
오늘도 암흑 속을 걸어간다

환상

몽유병 환자가
어둠 속을 헤맨다

환상에 젖어
꿈에 젖어
허공을 향해 휘젓는다

사랑은 몽유병이어라
세상을 향해
어둠을 향해
두 팔을 휘젓는다

저마다의 사랑을 찾아서
그 뜨거움의 환상을 찾아서

진달래 붉은 골짜기에
몽유병 환자가 헤맨다
붉은 골짜기에서
더 붉은 환상을 찾아서

첫사랑의 중독자는
불나방 되어 더 붉은 환상을 찾아가는데

이 봄은
환상의 계절이 되어 뜨거움으로 이끄는데

빛이 차가운 날

고요한 밤
달은 밝은데
별빛은 싸늘하네

별은 어제 그 별인데
어저께는 포근하고
다정했는데

오늘 바라보는 별은
찬바람만 이는구나

바램과
염원은 하나일진데

너는 내 곁으로
나는 네 곁으로
다가가는데

우리 사랑은 시작도 못 한 걸까

사랑이 나를 버린 걸까
시간이 우리를 외면한 걸까

이렇게 달려가는 인생길에
서로의 엇갈림은 어디에서
생겨난 걸까

그 마음은 어디로 흘러간 걸까

라일락 향기에

오월의 향기 그윽한 라일락 한 다발을
꺾어 그녀에게 안겨주었다

그윽한 향기가 숨을 멎게 한다
라일락 향기에 취한 나는
또 한번 그녀의 향기에 취한다

사랑하는 님이여
그대는 내 곁이 있는데
나는 왜 외로움 속에서 울어야 하나

그대는 내 마음속에 있는데
나는 왜 울타리 밖에서
서성이고 있어야 하나

흐르는 시간의 상념 속에서
알 수 없는 정적에 휩싸인다

hyo야
끝없는 인생길에 우리는 언제까지
외면의 수레바퀴가 되어야 하는가
너는 오른쪽
나는 왼쪽바퀴가 되어 끝없는 시간 속을
안타깝게 흘러가야만 하는가

단 하루만 살다가는 하루살이도
뜨거운 삶의 시간은 존재하는데
우리의 사랑은 익어 가기 위한
기다림인 걸까

불어오는 동남풍에
라일락도
그녀도
잔인한 향기만 실어오는데

실려 나가지 못한 가슴속 뜨거움과
심장의 고동소리에
숨기지 못한
귓볼만 빨개져 가는구나

보랏빛 향기 때문일까
순수함 때문일까

익어가지 못하는 사랑은 어쩌면
발효되어 가는 건 아닌지

침묵하는 하루는
오늘도 저물어 가는데

안타까운 하루는
또 그렇게 흘러가나보다

사랑
그것이 무엇이길래

봄 이야기

눈부신 햇살은
대지를 비추고

저 멀리 봄바람 불어오니
모락모락 아지랑이가
옛이야기를 속삭인다

귓전에 맴도는
봄 이야기는
사랑의 노래가 되어
울려 퍼지고

부평초 같은 내 인생에도
봄날은 오려나

잊혀졌던 기억들은
따스한 봄바람에
스멀스멀 되살아나는데

당신은 언제쯤
다시 올 거요

연평도 앞바다에서
전어라도 불러와야 하는 건가요

아느냐 모르느냐

아느냐
모르느냐

그대는 영원히 내 가슴속에
남아 있다는 사실을

아느냐
모르느냐

이제 우리에게 주어진 시간도
저물어가고 있다는 사실을

아느냐
모르느냐

메마른 가슴엔 슬픔의 비가
내린다는 사실을

흩어진 슬픔은 안개비 되어
가슴속으로 흐른다

상심한 가슴엔 그 슬픔이 넘쳐흘러
노을 따라 추억에 바다로 흘러가고

남아 있는 기억들도
사랑했던 마음도
슬픔의 바다 속으로 흘러가는데

hyo야
이제 우리에 마지막 사랑은 불태우고 가자구나
뜨거운 가슴이 식기 전에

당신을 떠나보내며

우리는 당신을 떠나보냅니다
하얀 꿈속에서 키워온 소녀에 꿈을
이제 결실을 맺으라고
우리는 당신을 떠나보냅니다

행복의 나라
환상의 나라에서
당신은 축복을 받으며
사랑하는 이의
품속으로 걸어갔습니다

두 눈에 행복의 눈물이
흘러내리는 것을
우리는 보았습니다

또 하나에 행복의 나라가
만들어지는 걸 우리는 보았습니다

행복해지시길
한없이 행복해지시길~
우리는 빕니다

삶

삶 그것은 아무런 이유가 없으며
죽음 또한 아무런 이유가 없다
자연의 순리일 뿐이다

삶의 목표는 우리 각자의 설정치일뿐
그동안 행복을 위하여 노력할 뿐이다

사랑을 위하여
때로는 명예를 위하여
권력을 위하여
부를 위하여 노력을 기울인다

그러나
욕망을 쫓아서 신기루를
찾아 헤매다가
인생의 쓴맛에
또 한번의 고통에
좌절하기도 한다

하지만 그러한 때
그대 있으매 내 가슴속에 따스함은 영원합니다

창을 열어주세요

마음에도 창문이 있다면
나는 그 마음에 문을 열어
당신이 마음껏 들어오게 하고

네 마음의 창문을 넘어
네 심장으로 가려마는

나는 내 마음에 창문조차 찾지 못했는데
더구나 네 마음의 창문은 어디에
존재하는지 알 수도 없구나

바보
문도 못 찾으면서
들어가 본 것처럼 착각한 세월들

그 문에도 열쇠가 있을려나
암호도 있겠지
아마 생일로 했겠지

나는 어젯밤에도
얇디얇은 당신의 창을 두드렸어요

이젠 더 이상 아름다운 당신의 창을
두드리지 못하겠어요
당신이 그냥을 열어주세요

더 두드리면
당신의 얇은 창은 깨어질지도 모릅니다

오늘 내 마음은
당신의 창가에 걸어두고 갑니다

당신이 마음의 문을 열 때까지
그 마음은 당신의 창가에 기대어 있을 겁니다

그냥 열어주세요
아름다운 창공을 향해
그대의 찰랑이는 머릿결을
창 틈새 바람에 휘날려주세요

이 봄날의 꽃향기 속에서
그대의 향기가 대지를 휩쓸고
새로운 설레임은
우리들을 아름다운 동산으로
이끌어 갈 겁니다

소녀여

흐르는 시간의 파도 속에서
내 마음은
나의 꿈은
닳고 닳아서
깎여 나간다

슬픈 추억 속에서
고통스런 현실 속에서
어느 한점에 자리 잡지 못한
나의 꿈은 작은 공간에서 맴돈다

조그만 공간에서도
작은 움직임이 있다

문학을 사랑하는 소녀여
내가 사랑하는 소녀여
그대는 지금 어디에서
정열을 불태우느뇨

꿈속으로 가자
꿈속으로 가자
펜을 들어라

환상으로
환상으로
젊음을 청춘을
불태우자 나의 소녀여

달맞이 사랑

그대 사랑은 무엇인가요

그대와 나
달맞이꽃이었더냐

외로움에 지쳐서
슬픔에 지쳐서

달빛에 물들고
별빛에 바래고

흐르는 은하수길 따라
밤에만 흘러가야 하는
달맞이꽃 사랑이었더냐

햇빛을 보면
녹아 없어질 아이스크림 같은
사랑이었더냐

가을밤 구슬피 우는
귀뚜라미의 한철 사랑이었더냐

그리움만 주고 가는
아쉬움만 주고 가는
갈매기 사랑이냐

떠나려거든 내 마음은 두고 가거라
이 밤도 그리워 흐느껴 운다

사랑의 본질

나는 사랑을 본 적이 없다
나는 선녀를 본 적도 없고
천사를 본 적은 더욱 없다

그러나 선녀도 존재하고 천사도
존재한다

하지만 사랑은
산에서도
바다에서도
하늘에서도 본 적이 없다

그 어느 날
그녀의 눈 속에서
그녀의 흐르는 눈물 속에서
사랑이 흘러내렸다

사랑은 보이는 게 아니라
흐름이고 느끼는 거야
흐르는 물속에 손을 담그면
부드러운 촉감 같은

사랑
그 본질이 무엇이기에
아린 가슴속에
흐르는 눈물 속에
존재하는 따스한 실체
그러나 모습을 드러내지 않는 것이다

그 사랑 너에게 모두 주어서
내 가슴은 빈 그릇이다
이제 너에 사랑을 담아야할 빈 그릇이다

채워도
채워도 채울 수 없는
갈망의 빈 그릇이 되었다

매일 너의 사랑을 갈망하는
또 보채고 갈망하는 아픈 빈 가슴은
그대말고 누구에게
채워 달라고 보챌 수 있으랴

잔인한 사월은 또한 그렇게 흘러갔는데
뜨거운 여름에 그 가슴은 또 그렇게
녹아내리겠지

그렇게 여름이 가고
또 가을이 가고
하얀 겨울이 오면
포근한 눈꽃이 되어
그대와 나 저 청라의 나뭇가지에 포근히 앉아 있겠지

흘러가는 것은

잡힐 듯 잡히지 않는
너에 마음은
골짜기의 물처럼
흘러가 버리고

멀리 사라졌던
사랑은
오늘밤엔 저 달빛에 가려
노을처럼 보인다

홀로 쳐다보는 밝은 달은
그리움을 품고 있다

홀로 가는 저 달은 슬픔을 머금고 있다
찬바람 물소리에 달이 떠내려간다

어쩌면 달이 떠내려가는 게 아니라
마음이 떠내려가는 것이겠지

사랑도
추억도
그리움도 흘러내린다

사랑하게 해놓고

사랑하게 해놓고
내 마음 흔들리게 해놓고
왜 모른 채하는 거야

넌 마음대로 사랑하게 해놓고
마음대로 떠나가고

가슴속에 타오르는
그리움만 주고서

우리 사랑은 너에 마음은 아니고
눈치 없는 내 마음만이었던 거였니

아쉬움만 주고
미련만 남기고 가는 거야

사랑 그게 장난이었니
난 운명이라 생각했는데

이젠 울면서도 그리워하면서도
떠나보낼 수 없는 너
잊을 수 없는 너

너에 마음은 내 가슴속에 있는데
내 마음은 어디에 둔 거니

넌 흔들릴 마음이었니
숨어버릴 마음이었니
사랑은 떠나려는 거니

하지만 안 돼
이젠 너 없인 안 돼
사랑하게 해놓곤

우리 서로 사랑하자
우리 서로 아껴주자
우리 서로 행복하자

해달맞이 꽃이 되어라

낮에 피는 꽃은 햇빛에 물들어
기쁨이 되고
밤에 피는 꽃은 달빛에
물들어 슬픔이 되나니

마음 아픈 달맞이꽃은
그대 향한 그리움에
눈물 짓는 애달픈 사랑이어라

물 따라 바람 따라 흘러가는
세월 속에 밤에 피었건만

그 슬픔은 밤낮이 없구나

야속한 세월의 슬픔을
낮에 피는 해바라기가
어찌 그 마음 알리오

달맞이꽃의 한 많은 세월에
그대 향한 그리움을
해바라기야 너는 아느냐

억만겁 세월이 지난 후엔
밤낮 피는 꽃이 되어라
슬픔일랑 모르는
해달맞이 꽃이 되거라

망상은

망상은
새로운 사랑에 대한 희망과
미련에 대한 상처인지 모른다

망상은
꿈속의 사랑을 향해
돌진하게 하는 추진체인지 모른다

망상은
새로운 사랑을 향한
꿈틀거림의 씨앗인지도 모른다

망상은
사랑의 아물지 않은 아픈 상처의
두드림인지도 모른다

망상은
사랑에 대한 뜨거운 욕망의 감자
인지도 모른다

망상은
일그러진 사랑의 종착역 인지도 모른다

망상은
어설픈 사랑에 대한 막연한
기대인지도 모른다

다 모르는 것일 뿐
아는 것은
그녀가 있고
내가 그녀를 바라보고 있다는 것뿐이다

딱 저만치에서

오늘 하루도 수줍은
그녀를 보아야 한다

오늘 하루도 말 못 하는
그녀를 보아야한다

오늘 하루도 외로움 속에 고독한
그녀를 보아야 한다

다시 만날 수 있다는 막연한 기다림 속에서
2년 만에 당신을 만났을 때
그 기쁨도 잠시였소

또 다른 헤어짐을 예고하는 당신의
말 한마디는 내게 날카로운 비수처럼
심장을 파고들어 활화산처럼 뜨거운 감정의 파도를
만들어 갔었소

갈망하고
인내하고
또 갈망했었소

그래도 그대는 내 곁에 있는데
그 마음은 멀지도 가까이도 아닌
딱 저만치에 있는데

멀어지지도 가까워질 수도 없는
그 거리에서 내 마음만 아프게 하오

오늘만은 활짝 웃는
그녀를 보고 싶었는데

오늘만은 갈매기 사랑이라 치부하고 넘어가자
내일부턴 우리들의 영원한 사랑이라 부르고 싶다

오늘 하루도

오늘 하루도
설레임 속에서 그녀를 기다린다

싱그런 미소를 머금은 얼굴
풋자두처럼 뽀얀 두 뺨에
흘러내리는 머릿결은

월광의 소나타였더냐
내 심장의 두근거림은
가까이 다가가지 못하게 만든다

이 두근거림을 그녀에게
들키고 싶지 않다

오늘도 나 혼자만의 소나타인가
눈치 없는 심장은 몇 마력이었던가
심장의 고동소리는 점점 더 커져 가는데

오늘도
또
고뇌하고 인내해야 하는
하루인가보다
한 발짝 더
한 발짝 더

온 촉각과 안테나가
한 점으로 향하는데

그러나 책상에 앉은 나는 오늘도
열심히 일하는 중이다

힘겨운 싸움

행복에 겨운 걸까
밥투정하는 아이의 심정인걸까

그녀는 옆에 있는데
서운한 감정은 무엇일까

그냥 나만의 사랑으로 만족해야 하나
그녀를 바라볼 수 있다는 것만으로

보고 또 보고
가까이 더 가까이
마음의 평정심은 무너져 가는데

내가 설득력이 부족한 걸까
설득시킬 수 없는 단 한 사람

사랑아
내 사랑아

이제 내 마음 알 만도 한데
이젠 눈치로도 알았으련만

오늘도 나는 한 발짝 더 다가가련다
오늘 하루도 짧은 갈매기 사랑이 될지라도

옆에 있는 것만으로도 고마워해야 한다
혼자 사랑할 수 있는 것만으로도 만족해야 한다
내일 사랑을 위하여
끈질긴 우리 사랑을 증명이라도 하듯이

오늘도 사랑과 힘겨운 싸움이 시작된다

그대는 아는가

그대는 아는가
시간 속에 갇혀 있는
소외된 생각들의 흐느낌을

그대는 아는가
그리움 속에 갇혀 있는
상상의 시간들을

그대는 아는가
외로움 속에서 희망의 끈을
놓지 않는 나그네의 고요한 마음을

그대는 보았는가
인내하고 고뇌하고
또 기다리는
나그네의 눈물의 시간을

그대는 아는가
아름다움은
별이 아닌
가슴속 그리움에서부터 온다는 사실을

저 달은

홀로 가는 저 달은
그리움을 품고 있다

홀로 가는 저 달은
슬픔을 머금고 있다

잡힐 듯 잡히지 않는
너에 마음은
골짜기의 물처럼
흘러내리고

흘러가지 못한 긴 추억의 그림자는
한순간의 정적에
그리움 되어 흐른다

야속한 마음은
청라의 안개 속에서 피어올라
물 위를 맴돌고

달빛에 물들은 꿈마저 신화처럼
내 가슴을 맴도는데

그 기억들은

너는 가고 없는데
이제야 선명해지는 네 얼굴

보고 있다가도 고개를 돌리면
금세 흐릿해졌던 네 모습이었는데

이제 떠난 뒤의 네 모습은
점점 더 선명해지는데

사랑했던 기억
그 사랑의 기억에 유통기간은
신이 정해주는 건지
아니면 네가 정하는 건지

왜 나는 정할 수 없는 거야

나날이 선명해지는 기억들
내 기억의 숲 한복판에서
바람이 불어도 흔들리지 않는
나무처럼

떠났어도
잊었어도
점점 선명해져가는 기억들

잊은 게 아닌가 봐
떠난 게 아닌가 봐
떠나버린 사랑의 추억에 포로 되어
이 밤도 추억의 미로 속에서
헤매이는데

너를 보내고 지내야 하는 마음은
죽음보다 싫었다

올 테면 오라 이 밤도 꿈속에서
노닐자꾸나

청라의 사랑 그리고 아픔

또 다른 너

네 눈 속에 사랑이 흐르고
내 가슴속에 따스함이 피어오를 때
내 인생에 찾아온 가장 큰 선물은
당신이었습니다

그러나
사랑해도
신기루처럼
네 마음을 가질 수 없다

좋아하는 마음만으론
내 마음속 그리움을
덮을 순 없다

그 마음에 번지수는
왜 바뀌는지

그 사랑의 주소는
왜 움직이는지

오늘 또 다른 너의 모습을 보며
사랑이란 굴레에 묶여
흔들리는 우주를 보는 것 같다

행복이란 우주를 보는 것 같은
환상인지도 모른다

청라의 사랑 그리고 아픔

그리움은 별빛 되어

왜 사랑하나
괴로울 줄 알면서도

왜 사랑하나
아픔 속에 흐느낄 줄 알면서도

왜 사랑하나
공허한 가슴 아픔으로
메워야 할 줄 알면서도

사랑이 뭐길래
사랑이 뭐길래

아린 가슴
쓰라린 슬픔으로 채워가며

그대 가슴속에
새겨야 하는 또 하나의 그리움은
또 하나에 아픔이 되어
다가올 줄 알면서도

어제는 별빛이 쏟아졌다
그 밤처럼
네 생각에
그리움은 별빛 되어
아픔으로 쏟아져 내렸다

아 그대여

그대
사랑할 수 없는
이게 우리의 운명일지라도

우리는 그걸 뛰어넘을 수 있어
우리 서로 그렇게 원하고
또 그렇게 갈망했는데

서로를 믿고
의지하고
너무나 그리워했던
너와 나였는데

이 밤 꿈속에서도 난 네게로 간다
초대받지 못한 내 마음은
이 밤에 천덕꾸러기인지도 모른다

그리움이라는 자성에 이끌려
너에 향기에 이끌려
네 곁으로 갔건만
그대는 꿈속에서만 만나야 하는 여인이었던가

이제 우리
이 모든 걸 뛰어넘자구나
내 운명의 개척자여
내 사랑이여

어딜 가나
그대는 내 사랑인걸
이젠
그댈 지울 수 없어

라라의 하트를 기다리며

라라야
내 마음에 평화와 안식을
가져다주었던 그대는
어느 별에서 온 여신이었던가요

이 밤
잠 못 들게 하는 그대는
밤의 지배자인가요
우주 만물에 사랑과 행복을
가져다주는 여신이었던가요

내게는
불면의 밤을 가져다주는 그대는
아르테미스의 화신이 되어
이 밤도 잠 못 들게 하는데

그대여
행복은 어디에 있기에
안식은 어디에 있기에
그 마음은 한 곳에 머물 수 없는 건가요

오늘
내 마음은 당신의 창가에
걸어두고 갑니다

당신이
마음의 창을 열 때까지
그 마음은 당신의 창가에서
서성일 겁니다

당신이
핑크빛 하트를 날려보낼 때 그 마음은
파랑새 되어 저 하늘로 날아오를 겁니다

지나가는 인생길이지만

인생길에서 만남은
언젠가 헤어짐을 약속한다지만

살아가는 인생길에
그 누군가를
때로는 사랑하고
때로는 미워하면서도
그리워하는 마음이
가슴을 짓누를 때
우리는 또 한번의
가슴앓이를 하곤 한다

그때마다 허공을 향해
아!
푸!

가슴속에 감정을 토해내곤 한다

그 마음은 구름 위로 떠올라
네 가슴속에
내 마음속에
사랑에 그림을 그리고
싶었다
행복에 그림을 그리고
싶었다

우리 만남은

나는 땅에 있고
내 마음은 하늘에 있다

저 동쪽 끝 한 하늘이 열리고
뜨거운 의지가 내려와
이 땅을 여시니

나 여기 있고
그대 내 곁에 있으매
내 마음은 드높은 하늘에 있으니

흰 구름에 가리어
드높은 하늘의 그 뜻을
땅에선 알 도리가 없도다

우리 만남은
좋아하는 마음은 자라나서
그리운 마음을 이끌어내고

사랑하는 마음은 자라나서
외로운 마음을 밀어내고

미워하는 마음은 자라나서
애증의 그림자를 드리울 때

당신은 무명초 되어
이름 없는 꽃을 피우며
행복이라는 이름으로
내 곁으로 다가올제

그 마음 무지개다리 타고 저 하늘로
날아올라

그 사랑
장미보다 더 빨간 인생에
노을이 되리라

이 생명 다하도록
뜨거운 불꽃 되어
내 생에 봄날을 불을 태우리니

피고 지고 또 피어
장미보다 더 빨간
노을이 되리라

이제 마지막 남은 미련은 저 노을빛에
날려 보내리

인내의 시간

사랑하면서도
사랑할 수 없고
가까이 있으면서도
마주할 수 없이 외면해야 하는

같이 있어 행복하지만
또한 같이 있어도 다가갈 수 없는

안타까움의 삶 속에서
어쩔 수 없는 고통의 시간을
걷고 있다

운명 같은 만남은
순간의 애욕도
일시적 욕망도 아닌
우리 사이의 순수한 사랑이었다

이제 십년이란 시간도 지나갔다
너와 나
우리의 바램과 소망의
시간은 다가오고 있는데

아니 어쩌면 이미 지나가고 있는지도
모른다
이 잔인한 형벌의 시간을 인내하고 나면
너와 나
한없는 사랑의 시간 속에서
행복하리라 믿건만…

초대하지 않은 밤에도

철 이른 귀뚜라미가 운다
아직
가을은 멀었는데
무엇이 성급하여
한여름밤에 그리 슬피 우느냐

잠 못 드는 이 밤에
그대
친구로 찾아왔느냐
속삭이고자 찾아왔느냐
"귀뚤귀뚤"

창문을 닫아도
선명이 울리는 그 소리는
내 가슴속 어디엔가
너에 집을 지은 게 아니더냐

허락 없이 들어와
가슴 한 켠에 차고앉은
네놈은
그리움에 화신되어
기다림의 화신되어
모든 것들을 밀어내고
온통 독차지한 것이더냐

정녕
이 밤도 그대는 나와 함께하느뇨

그대 마음은

넌
어디엔가
가시를 숨기고 있는 거야

매일 내 가슴을
아프게 하니

넌
어디엔가
자석을 숨기고 있는 거 아냐

아픈 가슴을
끌어당기고

넌
어디엔가 희망주머니를 가진 게냐

아픈 내게 희망을
꿈꾸게 한다

아픔도 희망도
그리움도 주고 가는

알 수 없는 그대이기에
나의 마음은 오늘도 아파져 가는데

그대는 누구이기에
그대는 누구이기에

사랑이란 병

몹쓸 병에 걸렸다
쳐다봐 주지도 않는 너를 사랑해야
하는 병에 걸렸다
이 불치병을 고칠 수 있을지 의문이다
쳐다도 봐 주지도 않는 너를 매일
바라만 보고 있어야 하는 이 병은

때로는 안쓰럽게
때로는 그립게
때로는 외로움 속에
때로는 꿈속에서도
너를 찾는 그 병은
어떤 땐 고통으로 다가왔다가도
어떤 땐 행복이기도 했다

왜 신은 사람을 만들 때
좋아하는 사람을 만나서
사랑하며 아껴주고
즐거운 인생을 보내게 만들지는
않은 것인지 의문이 든다

좋아하는 사람을 곁에 두고도
고통받게 하는지

왜 많은 사람 중에
꼭 너만이어야 하는지

많은 의문 속에서 오늘도 하루를 시작한다

넌 이제 나를 시인으로 만들기로
작정한 건 아니겠지
아니면 이 몹쓸 병으로 죽어가도록
버려두는 건 아니겠지

또 한밤은 그렇게~

방 한구석에
웅그려 쌓여가는 그리움은
외로움을 저편으로 밀어낸다
이 밤도 안타까움 속에서 울어야 하나

캄캄한 밤
어둠이 흘러간다
생각도 따라 흐른다

밤은 어두워도
잠들지 않는 생각들
떠나지 않는 기억들

무수한 기억의 파편들이
어둠 속으로 흩어지는 이 밤

그대 생각으로 이 밤도
어둠 속을 채워 나간다

촛불을 밝힌다
어둠 속에 쌓여가던 그리움은
촛불 속에서 춤추며 흐른다

네 얼굴이 불꽃 심지 되어 타오른다
어둠을 불사르고
그리움을 불사르고

다시 외로움만 가슴 한 켠에 남았다

촛불도 외로움은 태울 수 없나 보다
잠 못 드는 밤이다

때늦은 고백의 불편함

용기가 없던 나는
늘 지나곤 후회하곤 했었다
왜 말하지 못했나
바보
용기 없는 바보

난 네 입장은 생각할
겨를도 없었고, 눈치도 없었다
내게 여유란 조금도 없었기에

언제나 온화하고 따스함을 가졌던 넌
하늘에서 내려온 천사였다

널 사랑하는 마음은
이미 지난 십년 동안 차고도 넘쳤다

용기 없던 나는 이야기하지 않으면
평생 후회할 것 같아서 용기를 냈었다

그러나 이제야 때늦은 고백의 불편함은
너와 나 사이에 어색함만 가져오고

넌 세상의 전부였는데
이 우주의 전부였는데

철 지난 고백의 어색함은 우리를
헤어진 사이의 거리보다 더 멀게
만들었다
어쩌면 헤어짐의 시작인지도 모른다
네 모습을 바라보며
괴로운 마음의 때늦은 후회와
고백의 부작용이 너와 나의
시간을 지배하는 것 같다

침묵의 세상은 적막감만 실어오는데

우리 사랑의 시작은 언제이고
그 끝은 언제인걸까

이젠 아쉬움을 안고
미련을 버리고 이 청라를
떠나야 하는지도 모른다

이별
그건 어쩌면 우리 사랑의 또 다른
시작일지도 모른다

우리 사랑은 어쩌면
열지 말았어야 하는
판도라 상자인지도 모른다

작은 인간

내 가슴의 크기는 너를 만나기 전
저 푸른 하늘만큼이나 넓고 컸었다

그러나 이젠 그 가슴이
조그만 종지만큼이나 작아졌다
이젠 네 마음도 담을 수 없을 만큼이나
작아졌다

그 가슴에 구멍이 뚫려 가슴속 사랑은
저 하늘로 날아가고
그 빈자리엔 외로움이 차지하고
또 한자리엔 그리움이 쌓여 가는데

행복의 크기는
사랑의 크기는
어느 순간부터 작아져만 간다

바램과
소망이 커져갈수록
사랑에 크기는 작아져만 간다

이제 난 너의 조그만 사랑에도
무한한 행복을 느끼는
아주 작은 인간이 되었다

청라의 사랑 그리고 아픔

떠날 땐

사랑할 수 없어서
마지막 한마디 말할 수 없어서
괴롭다
너를 볼 때마다

어디로 가야 하나
어떻게 해야 하나
우리의 길은 있는 걸까

떠날 땐 이 아픔
모두 가져가

떠날 땐 이 슬픔
모두 가져가

그리움도 슬픔도
사랑도 원망도

이럴 거면
모두 가져가

난
바람 따라 가야지
구름 따라 가야지
저 별빛 따라 가야지

잔인했던 그 사랑만 남겨놓고
사랑이 필요 없는
사랑 없이도 살 수 있는
그리움 없이도 살 수 있는 그 별나라를 찾아서

안드로메다의 그 궤도를 따라
정처 없이…
떠나간다

잘 있어라 hyo야
그 사랑, 망상,
꼭 껴안고
바보
바보
바보

이게 마지막 절망감이길…

발효하는 사랑

떠날 거였으면
미움도
사랑도
남김없이 가져가야지

왜 희망은 남겨

너가 뭐길래
내 가슴속에
빈집만 남기고
철새처럼 떠나는 거야

매미처럼
껍질만 남겨진
알 수 없는 그리움에
오늘도
기다림이란 빈집만
지키고 있구나

네 생각은
기억 저편까지 늘어 가는데
오늘 하루도 그 생각은
가슴속에서 그리움으로 발효되고
있는 건 아닌지

hyo야
우리 사랑 발효되고 있는 건
맞는 거니?

영혼에도 색이 있다면

내 영혼에 색이 있다면
저 하늘처럼 푸른색일까

일렁이는 바다처럼
검푸른 색일까

젊은 날의 나래를 펼치던 땐
아마도 용암처럼 검붉은
색이었겠지

그녀를 사랑할 땐
핑크빛 붉은색이 되어
사랑을 노래했겠지

이 가을 그리움에 물든
그 영혼에 색은 은행잎처럼
노란 색깔이려나

감정 따라
변하는 영혼에 색은
이 가을엔 무슨 색이려나

hyo야
당신에 영혼은 무슨 색이려나

온 것은 한번 가면

온 것은 한번 가면
다시 돌아오지 않는 것이니
우리 사랑의 시간을
언제 또 가지리오

고통은 그렇게
괴로움의 날들을 불러오고

유성의 꼬리처럼
가슴속에 긴 여운을
남기며 흩어지는데

그리웠던 마음마저도
꿈결에 나부껴 흩어지고
넌
내 가슴에 화석 덩어리 되어
굳어만 가는데

매미의 꿈

매미야
너는 헌 옷 벗고
새 옷 입으며
새로운 모습으로 태어난다

벗어놓은
갈색 헌 옷은
옛 추억이 아련한데
그 옷은 나뭇가지에 매달려
둥그런 눈만 껌벅인다

새 옷 입은 그대는
연한 푸르름에서
검푸른 갑옷으로 변신하며
또 새로운 세상을 꾼다

지나온 긴 꿈들의 시간을
뒤로하며

투명나래 펼쳐 푸른 하늘로
날아올라 미래를 꿈꾸며

창공의 푸른 꿈을 심호흡한다

못 그린 건 너에 마음

드높은 하늘은 그림을 그린다
파란 하늘에 그린 그림
동남풍이 지우고

예쁜 그림 그리면
개구쟁이 바람 불어와
지워버리고

하루 종일 그려도
마음에 안 드는지
동남풍이 또 지우면
그리던 크레파스 내려놓고
잠자리에 든다네

바라보던 난
꿈속에서 연이어 그림을 그린다

그대 얼굴을 그린다
긴 머리
하얀 얼굴
동그란 입술에
푸른 모자

새벽까지 그 얼굴을 그린다
그렸다 지우고
지웠다 그리고
새벽까지 그려도 미완성인데
아직도 못 그린 건
가슴속 너의 마음

그리움의 시작은

나는 네 가슴에 상처가
되어 있는지 모른다

그대 향한 바람이
네게는 또 다른 상처 되어
바람으로 다가갔는지도 모른다

이 시간의 흐름 속에서
너와 나는
또 하나의 어색한 바위가 되어
먼 바다만 바라보고
있는지 모른다

청라의 안개밭에선
그 상처도 따스하게
품어 줄 수 있을 텐데

청라의 안개밭에선
그 사랑 뜨거울 수도 있는데

흘러가는 시간은 너와 나의
아픈 상처를 치유하기 위한
또 하나의 사랑의 기다림인지도 모른다

다시 그리워지기 시작한다는 것은
그 상처가 치유되었다는
확신인 것이다

또 그리워진다는 것은
내 가슴속에 네가 자리하기
시작했다는 것이다

어쩌면 오늘은 더욱 가슴이
아파올지도 모른다

어쩌면 오늘은 눈물이 나올지도
모른다

내 마음을 훔쳐간 사람
사랑해선 안 될 사람

오늘밤도 꿈속에 찾아와
사랑을 속삭이고 간 사람

그 사람이 미워요
그 사람이 미워요

상심한 가슴은
노을 속에 물들어가고

메마른 가슴엔 그리움이
안개비 되어 흐르고
이루지 못한 사랑은 흐느낌 되어
흘러내리는데

이젠 떠나야 할 시간이 다가오고
있는지도 모른다

이게 그대를 위한 마지막 선택인 걸까
그대를 위한 선택은 무엇이 되어야만 하는가

그냥

너를 보고 싶다는 생각이
하루 종일 머릿속을
맴돌다 밤이 되면

너는 꿈속에서 나와
밤새껏 놀다가
새벽녘이 되어서
또 돌아간다

너는 언제부터
밤에만 찾아오는
신데릴라가 되었더냐

우리 사랑은
왜 달빛에만 물들어
가는 걸까

그냥 네 곁에 있고만 싶었다
그냥 바라만 보고 싶었다

청
라
의

사
랑

그
리
고

아
픔

너란 세상은
내가 다가갈 수 없는
꿈꾸어서도 안 되는
꿈속에서만 다가갈 수 있는
세상이었니

이젠 아무것도 물을 수가 없다
이젠 아무것도 할 수 없다
그냥 옆에 있는 것만으로도
감사해야 하는지 모른다

하고픈 말
못 다한 말들은
그냥 묻어두고
돌아서야 한다

혼자 있으면 떠오르는 얼굴
꿈속에서만 찾아오는 얼굴
구름 속에 숨어서 실루엣만
보여주는 그 실체는
사랑의 그림자였더냐

그냥 옆에만 있고 싶었다
할 말도 들을 말도 없다
그냥 바라만 보고 싶었는지도 모른다

그냥 웃고만 싶었다
그냥 네 얼굴을 떠올리고만 싶었다

넌
언제나
꿈을 만드는 재주가 있다
매일 내게 새로운 희망을 갖게 만드는구나

어둠이 오기 전에

행복했던 날들은
꿈이 있어 그런 것이었다

꿈도 희망도
저 멀리 날아간 지금

그 사랑을 그리워한들
신기루를 바라보는 마음처럼
쫓을 수 없는
기다릴 수 없는 세월과의
싸움인지도 모른다

차라리 네 마음을
모르고
환상에 젖었던 내 마음속의
사랑이
그리움이
어쩌면 행복한
사랑이었는지 모른다

이제 길 떠나는 나그네는
저물기 전에
어둠이 오기 전에
길을 나서야 한다

흰 눈이 내리면

네게로 향했던
수많은 그리움과
애잖함은 빗물처럼
녹아서 저 파도 위에
휩쓸려 떠내려가고

이 잔인했던 가을 사랑도
흐려진 가을 안개 속으로
흩어져 버리고

이제 흰 눈이 내리면
이 청라도 순백의 세계로
변하겠지

모든 희망과
꿈들이 덮여
그 속에서 봄의 새로운
새싹들이 피어날 준비를 할 거야

그 싹들이 새로운 모습으로
피어날 때 우린 새로운
모습으로 다가서겠지

간절한 바램은
기다림은 행복으로 이끌어
주리니

바램과 소망 앞에선

긴 시간 동안 우린 "이별"이라 쓰고
"기다림"이라 읽은 것 같다

헤어진 동안에도 외로움 속에서
인내하는 마음은
다시 돌아오기를 고대하는
기다림의 마음이었다

짧은 행복
긴 기다림은

더 큰 행복을 위한
하나의 과정인지도 모른다

잔인한 여신의 형벌이었는지도 모른다

그러나 그 여신의 훼방도
바램과 소망 앞에선

너와 나의 사랑을 막을 순 없어
너와 나의 행복을 막을 순 없다

사랑한다면

사랑한다면
기다려주는 거야

사랑한다면
이해하는 거야

사랑한다면
같이 가는 거야

사랑한다면
미래를 꿈꾸는 거야

사랑은 그냥
이해하는 거야

당신은
나의 사랑이니까

내 영혼의 천사여
그리움에 날개를 단
나에 천사여
사랑의 화신되어
이 밤도 꿈속을 날자꾸나

아픈 가슴

그냥 나만 좋아하자
그냥 내 가슴만 아프자

그냥 옆에만 있자
아무 말 말자

이것도 운명인 것을
이것도 행복이라 생각하자

그녀를 가슴 아프게 하지 말자

뜨거운 감정일랑
청라의 안개밭에 묻어두자

아픈 가슴이야
세월이 약이겠지만

오늘 더 아픈 가슴은
어쩌란 말이냐

우리 그냥 사랑이면
안 되는 거니

이 밤 슬피 우는 소쩍새야
너는 내 맘 알겠지

너와 나 이 밤도 같이 우는구나

내 사랑아

고맙다
드디어 마음의 문을 연 내 사랑아

오늘은 환희의 노래를
부르련다

네 손을 잡고
두 눈을 마주 보며

그윽한 호수 속에
내 마음은 텀벙 빠져버렸다

다시 건져 올릴 수 없도록
그 호수 속에 가라앉았다

이제 억겁의 세월 동안
그 속에 자리하겠지

만남은
헤어짐을 약속한다지만

이제 우리의 마지막 사랑은
영원할 거야

그 호수 속에서
그 가슴속에서
끝없는 사랑의 노래만 들을 거야

청
라
의

사
랑

그
리
고

아
픔

행복의 길로

너와 나
삶의 방식은 달라도
바라보는 방향은 같았다

너와 나
생각은 달라도
서로의 꿈은 같았다

우리 둘
마음을 합하니
행복은 우리 곁이 있었다
멀지도 않은 아주 가까운
너와 나 사이에 있었다

이젠 사랑하자
이젠 가슴 아프게 하지 말자

저 먼 인생길을 손잡고 걸어가면서
서로를 보듬어 주자꾸나

아름다운 인생
그 행복의 나라로 가자꾸나

마음의 속성

사람의 마음을 읽는 것은 어려운 일이다
그 마음을 얻는 것은 더 어려운 일이다
얻은 마음을 머물게 하는 것은
더더욱 어려운 일이다

마음은 바람처럼 왔다가
물처럼 흘러가기에
내 마음대로 잡아 놓을 수 없는 것이다

그 마음이 떠나갔어도 눈으로 볼 수 없는
느낌이기에 한동안은 모른다

그 마음 때문에 내 마음이 힘들어져야만
그제야 떠났다는 것을 알 수 있다

힘들게 하는 것은 그 마음이
내 가슴속에 머물고 있다고 생각했는데
어느 순간 떠났다고 느낄 때는 그 마음은
이미 아주 오래전에 떠났다는 사실이다

마음 때문에 착각한 세월들
내가 얼마나 잘해주었는데 섭섭하게 하는 거야

그러나 그 마음의 속성은 흐르는 물과 같아서
물이 낮은 곳으로 흐르듯이

내가 잘해주었어도 더 잘해준 곳이 있다면
그 마음은 더 잘해준 곳으로 안착하는 속성이 있다

보이지 않는 마음은
살아 움직이는 생물과 같아서
붙잡으려 하면 할수록 멀어져 가고

머물다 떠날 때도 자유롭게 내버려둬야
다음에 와서 또 머무는 것이다

자유로움은
배려와 존중과 믿음과 신뢰의
결과물인 것이다

중요한 것은 마음의 속성은 눈에는 보이지
않고 느낌으로만 알 수 있다는 것이다

사랑의 속성 또한 눈에 보이지 않고
마음의 속성과 달리 내 마음까지도
열어주어야만 볼 수 있는 것이다

그리운가 그 청춘이

길 떠나는 나그네야
오늘은 어디에서 머물거나

그 화려한 봄날의 기억들은
누구를 위한 날들의 기억이었더냐

푸르렀던 청춘의 날들은
어디로 흘려보냈기에

이제야 파란 하늘의 푸르름을
그리워하느냐

푸른 바다의 싱그러운 파도를 보라
힘차게 때리는 파도의
그 철썩거림을~
네 청춘도
그 파도와 같았거늘
이제야 그 청춘을 그리워하느냐

떠난 것들을 아쉬워하며
새로운 것들에 대한 미련을 갖는
청춘들이여

네 삶의 청초함을 탓하지 마라
젊은 날의 청춘이여

싱그러웠던 젊음의 청춘을
그리워할 날이 오리니

젊은 날의 사랑을 그리워할 날이
오리니

삶과 죽음은

삶과 죽음은 같이 성장해가는 것이다

단지 순서상 죽음이 나중에
있다는 것뿐이다

외로움에 젖은 인간은
고독한 인간은
처절했던 삶의 줄기에서 때론
인생의 의미를 생각해 보지만

인생이라는 욕망의
허망한 풍선을 채우고
또 채우려고 노력하지만

기나긴 인생길의 한 모퉁이에서
그 풍선은 터지거나
쭈그러들며 인생은 또
그렇게 허망하게 흘러가 버린다

삶이 어떻게 흘러가든
사랑 그리고 인생은 빈 잔이고
다음 세대도 또 빈 잔을 마신다

부풀은 욕망의 풍선은 떠올라
산등성이를 넘어가고
그 욕망이 넘쳐흘러 대지를 채울 때

나는 청라의 안개밭에 숨으리라

미래의 시에 대한 고민

시는 영혼과의 대화이며
소통이고 물음이다

느끼고 체험하고
생각한 것들의 대화이다

시는 소리와 빛
그리고 아픔과 슬픔을
사랑으로 승화한 것이다

시는 망상의
그 뜨거운 갈망의 용광로에서
나온 입김이다

시는 과거의 고백이며
미래에 대한 바램이며
망상이다

시는 너와 나의 대화이며
사랑과 믿음의 표현이며
행복이다

그러나 백 년 뒤엔 새로운 시는 없을 수도 있다
쓰는 족족 다 표절이어라
먼저 태어나 이렇게 한 줄의 문구를 선점하여
시를 쓴다는 것도 행복이라 말할 수 있을까?
문구 하나를 내가 먼저 적었다고 내 것일까?
아님 후배들을 생각하며 미안해해야 하는 걸까?

시는 흘러간 시간들의
굳어진 언어의 화석을
연마한 문명의 보석이어라

이 땅에 젊은 시인은 다시 태어나고
참신한 시는 다시 쓰여지고
언어는 갈고 닦여 빛나는 문화의 길로
향하리라

그대는 아는가

그대는 아는가
시간 속에 갇혀 있는
소외된 생각들의 흐느낌을

그대는 아는가
그리움 속에 갇혀 있는
상상의 시간들을

그대는 아는가
외로움 속에서 희망의 끈을
놓지 않는 나그네의 고요한 마음을

그대는 보았는가
인내하고
고뇌하고
또 기다리는
나그네의 눈물의 시간을

그대는 아는가
아름다움은
별이 아닌
가슴속 그리움에서부터 온다는 사실을

간절히 바라면 그 소망은
이루어진다
만남과 헤어짐이 반복되었던
우리들의 사랑은
새로운 전환점에서 마주 보며
웃고 있다

사랑은
믿음 속에서
서로 의지하며
간절함이 더해지면
그 바램은 영원으로 이어지는데

그 그리움만큼
간절함만큼
그 행복은 영원할 거야

우리 사랑
십년 만에 출발한다

우리 사랑
드디어 영원으로 가고 있다

이제 행복의 눈물을 흘리련다

우리는 인생을 살아가면서 많은 사람들과
부딪히며 살아간다
그 속에서 진정한 사랑이 맺어지며 때로는
이루어질 수 없는 아픈 사랑도 만난다

아프고 쓰린 사랑은 괴로움도 주지만 그로
인하여 나 자신을 한 단계 성숙하게 해준다.

사랑할 수 없음을
만날 수 없음을
때로는 만나서는 안 되는 사랑을 넘어
시공을 초월해야 하는 사랑 앞에서
우리는 좌절하며 뜨거운 열병을 앓는다.

오늘 나는 청라의 안개 속에서 한 마리의
학이 되어 날아간다

가슴속 뜨거운 열병일랑 청라의 안개밭에
묻어놓고 무작정 날아오른다

사랑은 인간을 고통에서 구할 수 있다
하지만 사랑을 우리 몸속에 영원히 머물게
할 수는 없다
그러나 사랑은 시 속에서는 영원히 머물러 있다

같은 글을 반복적으로 즐겨 읽기는 힘들다
그러나 연인의 시는 반복적으로 읽어도
즐겁고 행복하다

연인의 편지가 오지 않아도
목마른 사랑의 멜로디가 들리지 않아도
내가 그녀를 위하여
한 줄의 시를 쓸 수 있다면
나는 행복하다

그녀에게서 한 편의 시를
받는다면 행복할 것이다
그러나 받지 못한다면
내가 한 편의 시를 써서 보내자
그리하면
내 마음도
그녀도 행복할 것이다

외로운 인간이기에
쉽게 사랑하고
쉽게 사랑했기에
쉽게 상처를 입으며,
간단히 헤어지고

상처가 아물기도 전에
또 새로운 누군가를 찾아 헤매고
끝없는 사랑을 갈구한다

시를 통해서 고독한 인간은
구출할 수 있으며

시를 통해서 얻은 사랑은
영원할 수 있다

시를 사랑하는 연인들의 사랑은
영원히 변치 않고
그 사랑은 마르지 않는 샘물이다

그녀도 나도
고독한 인간이기에
아름다운 시 속에서 살고 있고
맑고 영롱한 사랑을 하기에 행복하다